La llamada de
Cthulhu
y
otro relato

H. P. Lovecraft

La llamada de Cthulhu

y

otro relato

Grupo Editorial Tomo, S. A. de C. V.
Nicolás San Juan 1043
03100 México, D. F.

1a. edición, noviembre 2002.

© *The Call of Cthulhu*
   Herbert West - Reanimator
   H. P. Lovecraft

© 1998, NEED, Del Barco Centenera 1193,
   (1424) Bueno Aires, Argentina, Tel-Fax 824-0349
   administración@needediciones.com.ar
   Traducción y Prólogo: Mauro Cancini
   Derechos cedidos de edición y traducción por:
   Retórica Ediciones, S.R.L.

© 2002, Grupo Editorial Tomo, S.A. de C.V.
   Nicolás San Juan 1043, Col. Del Valle
   03100 México, D.F.
   Tels. 5575-6615, 5575-8701 y 5575-0186
   Fax. 5575-6695
   http://www.grupotomo.com.mx
   ISBN: 970-666-642-7
   Miembro de la Cámara Nacional
   de la Industria Editorial No. 2961

Diseño de Portada: Trilce Romero
Supervisor de producción: Leonardo Figueroa

Impreso en México - *Printed in Mexico*

Testigo del Abismo

Indudablemente los relatos de Howard Phillips Lovecraft ocupan una zona singularísima en el género que gusta de lo macabro y que habitualmente denominamos "literatura de terror".

Sus textos tienen el mérito de persistir —retomándose en sucesivos relatos— en la existencia de ciertos dioses, ciertos libros y ciertos poetas. Sus fantasías narrativas no son enteramente autónomas: suelen reconocer un universo compartido, suelen asentarse en tierras ya conquistadas previamente por el narrador.

Este escritor norteamericano, nacido en 1890, en Providence, Estado de Rhode Island, cuya obra no deja de conseguir adeptos y fanáticos, nos presenta en los dos textos que siguen a estas palabras un rasgo particular: ambos están narrados en primera persona y estas dos voces están comunicando una historia de la que han sido desafortunadamente testigos. Una historia ominosa, cuya escritura prueba que han sobrevivido, pero con la alerta omnipresente de perecer en cualquier instante.

En *La llamada de Cthulhu* el narrador hereda de su tío abuelo, no sólo sus bienes sino un laberinto de papeles que lo llevará a la investigación más riesgosa de su vida y al conocimiento de un culto escalofriante. Su curiosidad es la que lo lleva a vislumbrar ese abismo, en cuya comprobación lo había precedido su tío.

En *Herbert West: Reanimador*, el narrador entra en contacto con un compañero universitario que tiene —a la manera de Victor Frankenstein— la voluntad de devolverle la vida a los muertos. Es testigo y respaldo del afán de su amigo, pero es presumible que, por no ser la mano ejecutora, llega a salvarse.

Los dos relatos nos advierten que hay terrores indecibles acechando a los hombres; en los dos casos la curiosidad es más poderosa que la cautela y la muerte persigue a los desobedientes.

Los dos textos, que por su larga extensión permiten percibir la característica acumulación de la narrativa de Lovecraft, dan cuenta de algunos rasgos que distinguen su biografía: su avidez por las tierras inexploradas, su pasión por las mitologías y la lógica mágica de la Antigüedad y la Edad Media. Aunque toda su obra fue escrita a principios de este siglo, delata la pátina de un universo perdido, previo al positivismo, previo al imperativo racional que destruyó todos los afanes especulativos para construir el mundo práctico, científico y tecnológico del que algunos se jactan hoy.

Cuando murió, en 1937, pobre y casi ignorado, dos de los que habían sido sus corresponsales y discípulos, se encargaron de publicar lo que había quedado inédito en su obra e incluso escribir algunos de sus argumentos que no había llegado a desarrollar. Un nuevo mito había nacido, el de H. P. Lovecraft, de cuyos abismos insondables y esplendorosos sus vehementes lectores nos hemos convertido en testigos.

Mauro Cancini

La llamada de Cthulhu

No es impensable que esas entidades o seres hayan sobrevivido... hayan sobrevivido a un periodo increíblemente distante donde la conciencia se hacía conocer, tal vez, a través de cuerpos y figuras que muchísimo tiempo atrás se retiraron ante la marea progresiva de la humanidad... figuras de las que únicamente la poesía y la leyenda han guardado una reminiscencia tenue con la denominación de dioses, monstruos, personajes mitológicos de todo tipo y especie...

Algernon Blackwood

I

El bajorrelieve
de arcilla

Sospecho que no existe en el universo mayor dicha que la incapacidad de la mente humana para vincular entre sí todo lo que ella contiene. Estamos morando en un islote de grata ignorancia, circundados por las aguas negras del infinito, y no nos está predestinado emprender largas travesías. Las disciplinas científicas, que tienen su propio recorrido, no han perjudicado esto demasiado hasta el momento; no obstante, un día la alianza de esos conocimientos dispersos nos mostrará la realidad, y la pobre posición que tenemos en ella, visiones tan nefastas que perderemos la razón ante su manifestación, o bien escaparemos de esa iluminación ominosa, para resguardarnos en la calma y la seguridad de ese nuevo periodo de oscuridad.

La magnífica grandeza del ciclo cósmico en el que nuestro planeta y nuestra especie no son otra cosa que pequeños episodios ha sido vislumbrada por ciertos teósofos. Han mencionado extrañas supervivencias de un modo tal que nuestro torrente sanguíneo se paralizaría si éste no estuviese protegido por un leve optimismo. No obstante, no han sido ellos los que me brindaron la dilucidación fugaz de esas virtudes veladas, cuya reflexión me hace estremecer y cuyo sueño me hace perder la razón. Esa dilucidación, como cualquier apabullante revelación de la verdad, se originó a partir de la alianza fortuita de diferentes elementos; particularmente en este caso, un artículo de un viejo periódico y las anotaciones de un difunto profesor. Añoro que nadie más pueda lograr esta alianza; yo, verdaderamente, si sobrevivo, no sumaré voluntariamente otro eslabón a una cadena tan ominosa. Por otro lado, sospecho que el profesor había decidido no dar a conocer lo que sabía, y que si no hubiese dejado de existir en forma tan abrupta, hubiera hecho desaparecer sus anotaciones.

Mi saber acerca de esta cuestión comienza en el invierno de 1926-1927, con el fallecimiento de mi tío abuelo, George Gammel Angell, profesor honorario de lenguas semíticas de la Universidad de Brown, Providence, Rhode Island. El profesor Argell era una eminencia mayoritariamente reconocida en cuanto a inscripciones antiguas y a él se dirigían frecuentemente los conservadores de los museos más importantes. Por ende, muchos son los que deben recordar su muerte, ocurrida cuando tenía noventa y dos años. Las causas poco claras de su desaparición incrementaron todavía más la curiosidad local. El profesor había muerto mientras regresaba del barco de Newport, y, después de haber sido empujado por un marinero negro, según afirman los testigos. Este hombre había aparecido en uno de los pasajes misteriosos y tenebrosos que se sitúan en la abrupta ladera de la colina que une los muelles con la casa del difunto, en Williams Street. Incapaces de encontrar algún desequilibrio físico, y después de un sorpresivo cambio de ideas, los médicos dijeron finalmente que la muerte debía ser causa de una oscura lesión en el corazón, ocasionada por un ascenso veloz por una ladera tan extremadamente empinada para un hombre de tal edad. En aquel momento no tuve razón para discrepar con el diagnóstico, pero hoy tengo ciertas dudas... y son algo más que dudas.

Era presumible que yo estudiara los papeles de mi tío abuelo detenidamente, siendo que yo era su heredero y ejecutor, ya que él era viudo y no tenía hijos. Con este fin, me llevé todos sus archivos y sus cajas a mi casa de Boston. El material que yo ordenara, sería publicado mayoritariamente por la Sociedad Americana de Arqueología; no obstante había una caja cuyo material siempre me pareció curioso, y sentí cierta aversión a mostrársela a otros. Estaba cerrada y sólo encontré la llave cuando se me ocurrió analizar el llavero que el profesor llevaba siempre encima. En aquel momento conseguí abrirla, pero me encontré con un escollo mayor y más infranqueable. ¿Qué podía significar ese curioso bajorrelieve de arcilla, y esas anotaciones, recortes y notas de periódicos viejos? ¿Se había convertido mi tío, en sus últimos años en un adorador de impostaciones banales? Decidí hallar al extraño escultor que había perturbado la razón del anciano.

El bajorrelieve, ciertamente de origen moderno, estaba constituido por un rudimentario rectángulo de dos centímetros de espesor y alrededor de treinta o cuarenta centímetros cuadrados de superficie. No obstante, las representaciones que tenía no eran modernas, ni por la ambientación, ni por aquello que sugerían, ya que, aunque el cubismo y el futurismo posean diversas y cuantiosas rarezas, éstas no acostumbran manifestar la ominosa regularidad de la escritura prehistórica. Y la mayor parte de estas representaciones parecían ser verdaderamente algún tipo de escritura. Aunque tenía cierto conocimiento sobre las anotaciones y libros de mi tío, no pude reconocerla ni establecer siquiera alguna lejana vinculación.

Por sobre estos pretendidos jeroglíficos había un dibujo figurativo, pero el estilo impresionista impedía comprender qué representaba. Semejaba un monstruo, o el icono de un monstruo, o una silueta que únicamente una mente esquizofrénica habría podido imaginar. Al afirmar que mi mente, algo compleja, vio en él simultáneamente un pulpo, un dragón y la caricatura de un hombre, no me alejo del espíritu del dibujo. Sobre un cuerpo ridículo y lleno de escamas y con unas toscas alas, estaba emplazada una cabeza pulposa y con una aureola de tentáculos; no obstante, era la *periferia general* lo que lo hacía especialmente horroroso. Detrás de esta figura se vislumbraba un paisaje ciclópeo.

Las anotaciones que había junto a este extraño objeto y los recortes periodísticos, habían sido escritas por el mismo profesor y no tenían ninguna intención literaria. La fuente que parecía más importante estaba encabezada por un título que versaba *El culto de Cthulhu*, escrito primorosamente en letras de imprenta para impedir cualquier error en la lectura de un nombre tan raro. El escrito se dividía en dos partes: la primera llevaba el siguiente título: "1925. Sueño y realizaciones oníricas de H. A. Wilcox, Thomas Street 7, Providence, R. I.", y la segunda: "Informe del inspector John R. Legrasse, Bienville Street 121, New Orleans, a la Sociedad Americana de Arqueología, 1928. Notas de sí mismo y del profesor Webb". Los demás escritos eran todos pequeños: cuentos de sueños increíbles de diferentes personas, o extractos de libros y revistas de teosofía —en particular *La Atlántida y la Lemuria perdida* de W. Scott-Elliot—, y el resto se trataba de glosas acerca de la supervivencia de sociedades y cultos secretos, con alusión a frases de ensayos mitológicos y antropológicos como *La rama dorada* de Frazer, y *El culto de las brujas en Europa Occidental* de la señorita Murray. Los recortes periodísticos versaban mayoritariamente sobre casos de locura y crisis de esquizofrenia colectiva durante la primavera de 1925.

El relato de la primera parte del escrito más importante era una historia muy singular. Parecía ser que el primer día de marzo de 1925, un joven esbelto, de tez oscura y fisonomía nerviosa, había ido a ver, muy excitado, al profesor Angell con el curioso bajorrelieve de arcilla —húmedo todavía en aquel momento. En una tarjeta de presentación que llevaba podía leerse el nombre de Henry Anthony Wilcox; mi tío reconoció en él al hijo menor de una familia renombrada, a la que estaba vinculado de un modo indirecto. El joven Wilcox, que se dedicaba hacía tiempo a estudiar dibujo en la Escuela de Bellas Artes de Rhode Island y que vivía en el hotel *Fleur de Lys* cercano a ese establecimiento, era un adolescente precoz de un talento indiscutible pero algo extraño. Las historias y los sueños extravagantes que solía relatar con fruición desde pequeño habían hecho concentrar la atención en él.

Él se autocalificaba como "hiperperceptivo físicamente"; no obstante, las personas serias de la antigua ciudad comercial lo consideraban simplemente "extraño". Nunca había intimado con los de su clase y lentamente se había ido apartando de todo evento social. En aquel momento sólo era conocido por algunos artistas de otras ciudades. La Asociación Artística de Providence lo había desdeñado, deseando proseguir con su línea conservadora.

Según el escrito, en aquel encuentro, el artista había solicitado imperiosamente la ayuda de los conocimientos arqueológicos del profesor para descifrar los jeroglíficos. Este joven se expresaba de un modo irreverente y artificioso que no permitía ninguna simpatía. Mi tío le respondió discretamente, dado que la escasa longevidad de aquella tabla denotaba que no había vinculación con la disciplina arqueológica. Lo que Wilcox dijo a su vez, que debió ser demasiado impresionante para que mi tío lo transcribiera punto por punto, tuvo ese ímpetu poético que era propio de su discurso.

—Ciertamente es nueva —dijo— pues la tallé anoche mientras soñaba con comarcas extrañas, sueños que son más antiguos que la reflexiva Tiro, la atenta Esfinge o incluso Babilonia, rodeada de jardines.

Entonces comenzó a relatar una historia confusa que, súbitamente, despertó un recuerdo en mi tío. El anciano se sintió vehementemente interesado. Se había producido un pequeño sismo la noche anterior —el más intenso de los que habían ocurrido en New England los últimos años— que había perturbado seriamente la imaginación de Wilcox. Estando en su cama, vio en sueños, por primera vez en su vida, comarcas ciclópeas de enormes bloques de piedras y gigantescas esculturas ominosas de un horror palpitante, que rezumaban un limo de color verde. Las paredes y las columnas estaban cubiertas de jeroglíficos, y del fondo de la tierra, desde algún sitio impreciso, salía una voz que no era exactamente una voz, más bien una percepción extraña que únicamente la imaginación podía interpretar como sonidos, y que él trató de traducir a través de esta unión de letras casi impronunciable: *Cthulhu fhtagn.*

Esta mixtura de letras fue la clave del recuerdo que alteró y emocionó al profesor Angell. Entonces inquirió al artista con una curiosidad científica, y analizó frenéticamente el bajorrelieve que el joven había tallado en sueños, enfundado en su ropa de dormir y tiritando de frío. Mi tío, según dijo más tarde Wilcox, responsabilizó a su edad avanzada el no haber recordado rápidamente los jeroglíficos y el dibujo. Al visitante muchas preguntas le parecieron irrelevantes, particularmente las que intentaban vincularlo con asociaciones y ritos extraños; y además Wilcox no entendió por qué mi tío le aseguró muchas veces que no lo delataría si confesaba pertenecer a una de esas sectas paganas o místicas. Finalmente, cuando el profesor se convenció de que Wilcox desconocía verdaderamente cualquier ritual o disciplina secreta, le solicitó que no dejara de informarle acerca de sus sueños. Esta solicitud tuvo su respuesta, pues el escrito relata después de aquella primera entrevista visitas diarias del joven y describe sus inigualables visiones nocturnas donde habitualmente se veían edificaciones ciclópeas de piedra, oscuras y húmedas, y una voz o entidad subyacente que expresaba incesantemente algo incompresible en llamadas abstrusas y resonantes. Los dos sonidos que se repetían mayoritariamente eran los representados por las palabras *Cthulhu* y *R'lyeh*.

De acuerdo con el escrito, el 23 de marzo Wilcox no concurrió a la entrevista. Una averiguación realizada en el hotel dio cuenta de que había sido afectado por una fiebre de origen ignoto y que había sido llevado a

Waterman Street, a casa de sus padres. Había comenzado a gritar en mitad de la noche, despertando a otros
artistas que vivían en el hotel, y desde ese momento
había estado alternativamente inconsciente o delirante. Mi tío se comunicó inmediatamente con su familia,
desde entonces siguió el caso, visitando frecuentemente al doctor Tobey, en su oficina Thayer Street, quien
era médico de cabecera del joven. La psiquis fermen-
tada de Wilcox parecía nutrir imágenes extrañas; el
médico se sobresaltaba al recordarlas. Éstas incluían
una reiteración de sueños anteriores, y también una
entidad enorme de "varios kilómetros de alto" que se
arrastraba o se trasladaba pesadamente.

Wilcox nunca la describía pormenorizadamente,
no obstante las escasas palabras insensatas que recordaba el doctor Tobey dieron la pauta al profesor
de que se trataba de la criatura que el joven artista
había querido representar. El médico agregó que cada
vez que Wilcox se refería a su tallado se sumergía
rápida e inexorablemente en una especie de somno-
lencia. Era singular que su temperatura no estuviera
nunca por encima de lo normal; no obstante, su estado
semejaba aún más una fiebre repentina y no una perturbación mental.

El 2 de abril a las tres de la tarde, el malestar termi-
nó repentinamente. Wilcox se incorporó en su lecho,
sorprendiéndose de estar en la casa de sus padres y
desconociendo por completo lo que había sucedido
en sus sueños o en la realidad desde el día 22 de marzo. En tres días volvió a su hotel, puesto que el médico

decalró que estaba repuesto. Pero ya no fue útil para
el profesor Angell. Su malestar había desaparecido junto con todos aquellos sueños, de modo que luego de
escuchar durante una semana las narraciones inútiles
y anodinas de unas representaciones comunes, mi tío
no continuó transcribiendo las ideas nocturnas del
artista.

En este punto culminaba la primera parte del escrito, no obstante las numerosas notas invitaban
certeramente a reflexionar. Únicamente mi filosofía de
un férreo escepticismo podía explicar mi perseveran-
te desconfianza. Las notas contaban lo que habían
soñado muchas personas durante el mismo tiempo en
que el joven Wilcox había tenido sus ominosas epifa-
nías. Parecía que mi tío había organizado velozmente
una gran encuesta entre todos los que podía inquirir
sin restricciones, solicitándoles que le narraran sus sueños y le precisaran las fechas de sus extravagantes
revelaciones. Las respuestas fueron diversas, pero el
profesor recibió muchas más que las que hubiera conseguido cualquier otro sin la colaboración de un
secretario. Aunque no conservaba las cartas originales, las notas conformaban un resumen completo y
eficaz. Los aristócratas y hombres de negocio —la clásica sal de la tierra de New England— aportaron un
resultado absolutamente negativo, aunque hubo algunos casos de relatos de huellas nocturnas, ocurridas
entre el 13 de marzo y el 2 de abril, periodo de perturbación del joven escultor. Los intelectuales tampoco
parecieron afectados, aunque al menos cuatro de ellos

informaron confusas descripciones que sugerían una visión efímera de parajes extraños, y uno de ellos mencionaba el miedo hacia algo anormal.

Las respuestas más adecuadas provenían de artistas y poetas, quienes hubieran empalidecido de terror si hubieran comparado sus informes. Debido a que faltaban los originales, me vi inclinado a pensar que el compilador había hecho preguntas intencionadas o había deformado el texto para ver efectivamente lo que quería ver. Por eso, sostuve que Wilcox había estado mintiéndole a mi tío en virtud de conocer los documentos que él había juntado. Las respuestas de los artistas daban cuenta de una historia muy inquietante. La mayoría de ellos había tenido sueños demasiado extraños desde el 28 de febrero y el 2 de abril, y éstos habían alcanzado una intensidad suprema durante el periodo febril del escultor. Un cuarto de estos artistas mencionaba ruidos y escenarios semejantes a los que Wilcox había descrito y algunos admitían su pánico ante una criatura ignota y gigantesca. Había un caso particularmente lamentable que las anotaciones contaban con especial ímpetu. Era el caso de un arquitecto muy célebre, proclive al esoterismo y a la teosofía, que había enloquecido la noche en que llevaron al joven Wilcox a casa de sus padres y que murió meses después pidiendo desesperadamente que lo pusieran a salvo de algún ser salido del averno. Si mi tío no hubiese eliminado los nombres de estos casos transformándolos en números, yo hubiera podido hacer mi propia investigación. De modo tal que, dado el estado de las cosas, sólo pude encontrar a pocos de ellos. Los que hallé, sin embargo, corroboraron las anotaciones de mi tío. Hubiera querido saber muchas veces si todos los que había inquirido el profesor Angell habrían estado tan intrigados como los de este grupo. Yo jamás les di explicaciones y creo que es mejor de este modo.

Los recortes periodísticos versaban, tal como ya he mencionado, acerca de casos de esquizofrenia, rarezas y manías, ocurridos en ese periodo. El profesor Angell debió haber acudido a una agencia de recortes, ya que éstos eran maravillosamente cuantiosos y por otro lado, procedían de todas partes del mundo. Uno de ellos relataba un suicidio durante la noche: se trataba de un hombre que se había arrojado por la ventana luego de estremecerse en un horrible alarido. Un fanático anunciaba, en una oscura carta al responsable de un periódico norteamericano, que se avecinaba, según sus visiones, un futuro ominoso. Un corresponsal de California informaba que una colonia teosófica había iniciado el uso de unos atuendos blancos ante la inminencia de un "suceso glorioso", que nunca ocurría, mientras que ciertas noticias de la India contaban discretamente una profunda perturbación de los nativos ocurrida hacia finales de marzo. En Haití se habían multiplicado las orgías vudúes y en África se hablaba de unos cánticos incomprensibles. En Filipinas, los agentes norteamericanos habían tenido ciertos problemas con las tribus nativas, y en Nueva York, el 22 de marzo, habían sido perturbados por revueltas de histeria. En el oeste de Irlanda también circularon extrañas habladurías, y un pintor llamado Ardois-Bonnot mostró en 1926 un *Paisaje de sueño* de tinte sacrílego, en el salón de primavera de París. A su vez, los disturbios acaecidos en las clínicas psiquiátricas fueron tantos que únicamente un hecho milagroso pudo negarle a los médicos la intuición de semejanzas y conclusiones repentinas. Ciertamente, era una extraña colección de recortes; sólo hoy comprendo duramente el racionalismo exacerbado que me llevó a hacerlas a un lado. No obstante, me convencí de que Wilcox había sabido por el profesor de los sucesos ocurridos con anterioridad.

II

El diagnóstico del Inspector Legrasse

La segunda mitad del escrito versaba sobre los hechos por los cuales mi tío concediera tanta importancia al sueño del artista y al bajorrelieve. Parecía que ya alguna vez el profesor Angell había observado los contornos del monstruo ignoto, había oído las sílabas que sólo podían expresarse con la palabra *Cthulhu*... Y esto había sucedido en circunstancias tan ominosas que era comprensible que torturase al joven Wilcox con requerimientos y solicitudes. Esto había ocurrido en 1908, diecisiete años atrás, mientras se llevaba a cabo el congreso anual de la Sociedad Americana de Arqueología, en Saint-Louis. El profesor Angell, había tenido un rol preponderante en todas las decisiones, por su autoridad y sus méritos, y, por eso, varios profanos se acercaron a él, aprovechando la reunión para hacerle preguntas y plantearle problemas.

El líder de estos profanos pronto se convirtió en un polo de atracción de todo el congreso. Era un hombre de aspecto común, mediana edad, y que se había trasladado desde Nueva Orleans a Saint-Louis buscando cierta información que no había conseguido en su propio distrito. Su nombre era John Raymond Legrasse y era inspector policial. Llevaba consigo el motivo de su viaje: una estatuilla de piedra, desagradable y de mal gusto, de longeva apariencia, cuya procedencia no había podido descubrir.

Es incorrecto pensar que el profesor Legrasse se interesaba por la arqueología. Por el contrario, su deseo de información se debía únicamente a causas profesionales. La estatuilla, fetiche, tótem, o lo que fuera, había sido incautada algunos meses antes en los boscosos pantanos del sur de Nueva Orleans, mientras se realizaba una expedición contra un supuesto ritual vudú. La ceremonia constaba de unos ritos tan singulares que, inmediatamente, la policía comprendió que se trataba de una secta ignorada, y sobradamente más demoníaca que la de los vudú. Los oscuros informes arrancados por la fuerza a los prisioneros nada decían sobre su origen. Por ello se explicaba el deseo de la policía de consultar a algún conocedor del tema para reconocer de este modo la ominosa representación totémica y encontrar los rastros de la secta hasta llegar a sus fuentes.

El inspector Legrasse no había esperado que su solicitud ocasionara semejante perturbación. La sola aparición de la estatuilla bastó para excitar a los científicos, quienes pronto rodearon al inspector para observar de cerca la pequeña estatua que tenía una extrañeza y un aspecto de tamaña longevidad que auguraba misterios arcaicos. Nadie pudo aventurar la escuela artística a la que hubiera pertenecido la estatuilla pero, no obstante, cientos de años parecían haberse albergado en la superficie de aquella piedra verdosa, ignota y oscura.

Los miembros del congreso se pasaron de mano en mano, para analizarla con mayor detenimiento, la estatuilla que medía de veinte a veinticinco centímetros de altura y estaba delicadamente tallada. Parecía ser un monstruo con detalles antropomórficos pero con una cabeza pulposa, llena de tentáculos, un cuerpo cubierto de escamas que fingía cierta maleabilidad, cuatro miembros que terminaban en enormes garras y dos alas angostas y alargadas le salían de la espalda. Esta figura, de una innegable perversidad artificiosa, parecía ser una enorme musculatura, y estaba sentada en una suerte de trono rectangular, viciado de jeroglíficos. Los extremos de sus alas tocaban el borde posterior del trono, el asiento estaba en el centro, y las garras largas y curvas de los miembros que tenía plegados bajaban hasta un cuarto de la altura del trono. La cabeza de este cefalópodo se torcía hacia delante, de manera que los tentáculos de la cara tocaban el dorso de las enormes garras que sostenían las altas rodillas. Todo su conjunto sugería un tipo de vida anómalo, que parecía levemente más pavoroso por la imposibilidad de determinar su origen. Era indiscutible su cuantiosa, amedrentadora e impredecible edad; no obstante, parecía factible relacionarlo con algún estilo artístico de los hombres primitivos.

La materia prima de la que estaba compuesta era otro enigma. No se conocía nada igual en la geología o mineralogía a esa piedra resbalosa, verdinegra, con incrustaciones doradas o iridiscentes. Las inscripciones del bloque eran asimismo inquietantes, ya que ninguno de los miembros del congreso, que constituían la mitad de las autoridades mundiales en este ámbito, pudo establecer ninguna lejana vinculación lingüística. La estatuilla como la materia que la conformaba pertenecía a algo inusitadamente lejano, a algo completamente diferente a todo vestigio humano conocido: algo que dejaba entender ominosamente periodos antiquísimos y profanos donde nuestro mundo y nuestras creencias no habían tenido cabida.

No obstante, mientras los miembros del congreso meneaban la cabeza y se consideraban inoperantes para descifrar el enigma, uno de ellos creyó ver algo abstrusamente familiar en la figura y los jeroglíficos, y, finalmente, con cierta desconfianza, declaró lo que sabía. Se trataba del hoy difunto William Channing Webb, profesor de antropología de la Universidad de Princeton y un investigador muy conocido.

El profesor Webb había recorrido Groenlandia e Islandia cuatro décadas atrás en busca de ciertas inscripciones rúnicas que hasta el momento no había podido hallar. En las costas de Groelandia se había topado con una tribu degenerada de esquimales, que lo había

impresionado de modo singular por su culto demoníaco, de tinte sanguinario y espeluznante. Se trataba
de un culto que los otros esquimales desconocían y
del que hablaban con pavor. Decían que era antiquísimo, de un tiempo anterior al alumbramiento del
mundo. Además de los rituales anónimos y de los sa-
crificios humanos, había invocaciones tradicionales
dirigidas a un demonio superior o *tornasuk*. El profesor Webb había escuchado esas invocaciones en boca
de un anciano *angekok*, o sacerdote hechicero, en signos romanos. De todos modos, lo que ahora interesaba
era el tótem venerado en tal ritual, en torno del cual
danzaban los esquimales cuando la aurora boreal res-
plandecía sobre los precipicios de hielo. El profesor
dijo que se trataba de un rudimentario bajorrelieve de
piedra con una figura espeluznante y algunos signos
incomprensibles. Sospechaba que era similar, al menos en los rasgos principales, a esa estatuilla bestial
que estaban analizando.

Esta información pareció alterar al inspector
Legrasse, quien lo atosigó con sucesivas preguntas, y
fue recibida con perplejidad por los miembros del congreso. El inspector, que había transcrito una invocación
recitada por uno de los adoradores del pantano, le pi-
dió al profesor Webb que intentase recordar las sílabas
recogidas en Groenlandia. Luego de eso hubo una intensa comparación de cada detalle y más tarde un
instante aterrador de silencio cuando el profesor y el
detective acordaron la aparente identidad de las palabras. Esto es sustancialmente lo que el sacerdote esquimal

y los adoradores de Louisiana habían cantado a sus ídolos (la separación entre palabras fue pautada de acuerdo con los intervalos típicos que se observaron entre los adoradores):

Ph'mnglui mglw'nafh Cthulhu
R'lyeh wgah'nagl fntagn.

Legrasse había sido más afortunado que el profesor, pues varios prisioneros le habían dado a conocer el sentido de aquellas palabras. Era más o menos esto:

En su casa de R'lyeh
el ausente Cthulhu aguarda soñando.

Luego de eso, y debido a una solicitud general, el inspector narró paso a paso su contacto con los adoradores del pantano; ahora comprendo que mi tío le otorgó una experiencia suprema a esta historia. En lo que decían había cierta vinculación con los sueños más inusitados de los teósofos y los creadores de mitos, y se reflejaba una sorprendente imaginación cósmica que nadie hubiera creído hallar en esos hombres rústicos.

El 1 de noviembre de 1907 la policía de Nueva Orleans había recibido un desesperado llamado proveniente de la zona pantanosa del Sur. Los pobladores que eran gente primitiva pero de una naturaleza pacífica, mayoritariamente descendientes de los hombres de Laffite, estaban aterrorizados por un ser desconocido que había ingresado en esa zona durante la noche. Aparentemente se relacionaba con la secta vudú, pero con un tinte más atroz de lo que conocían. En aquellos ominosos bosques, que nadie se permitía penetrar, había comenzado a oírse sin tregua un diabólico tam-tam, y desde entonces, habían desaparecido varias mujeres y niños. Se oyeron alaridos incomprensibles, quejidos desesperados y nefastos cánticos, mientras un fuego demoníaco había danzado en la oscuridad. El mensajero, medroso, dijo que los vecinos no podían tolerarlo.

Veinte policías, en dos carros y un automóvil, marcharon en las primeras horas de la tarde, conducidos por el aterrorizado poblador. Una vez que el sendero se volvió intransitable, dejaron sus vehículos, y durante muchos kilómetros se arrastraron silenciosamente por el barro de esos densos bosques de cipreses en los que jamás el sol penetra. Retorcidas raíces y deformaciones diabólicas de musgo español demoraban el paso, y ocasionalmente un montículo de piedras fangosas o los pedazos de un muro en ruinas volvían más agobiante ese clima que se originaba a partir de los árboles deformados y la multitud de hongos. Finalmente surgió un detestable grupo de casuchas y los perturbados pobladores corrieron a reunirse en torno de las linternas errantes. El sordo sonido de los tam-tam se escuchaba remotamente y el viento traía a veces un alarido que paralizaba la corriente sanguínea. Un brillo rojizo parecía inmiscuirse entre el descolorido follaje, detrás de las arterias infinitas de la selva nocturna. Aunque temían quedarse solos otra vez, ningún poblador aceptó avanzar ni un paso en dirección al lugar del nefasto ritual, de manera tal que el inspector Legrasse y sus diecinueve colegas debieron osar ingresar sin conductor en esos ominosos pasadizos de pavor, donde ninguno de ellos había llegado jamás.

La zona en la que estaba ingresando ahora la policía tenía habitualmente una celebridad muy desfavorable, y la mayor parte de ella jamás había sido explorada por hombres blancos. Historias legendarias contaban que había un lago oculto en el que habitaba un ser monumental y deforme, de apariencia similar a un pólipo y con ojos fosforescentes, al que unos demonios con alas de murciélago iban a venerar, según los nativos, saliendo para ello en la medianoche de sus cuevas. Sostenían que el monstruo estaba allí desde antes de La Salle, antes de los indios e incluso antes que las bestias y las aves del bosque. Era ciertamente un horror y llegar a verlo se traducía en muerte certera. No obstante, aparecía en los sueños de los hombres y esto era suficiente para que permaneciesen alejados. La fiesta vudú se realizaba en los márgenes de la zona temida, pero de todas formas su emplazamiento era bastante malo, y esto habría asustado más a los pobladores que los alaridos o las desapariciones.

Únicamente el arrebato poético o el esquizofrénico podrían haber transmitido los sonidos que llegaron hasta los hombres de Legrasse mientras surcaban despaciosamente el tenebroso pantano, en dirección al brillo rojizo y los sordos tam-tam. Existe un timbre oral propio de los humanos y otro timbre oral típico de las bestias; nada parece más espeluznante que oír uno de ellos proveniente de un órgano que pertenece al contrario. Un bestial frenesí y un devenir orgiástico se extasiaban allí hasta llegar a alturas diabólicas con alaridos y quejidos supremos que resonaban en los bosques ominosos como brisas nefastas emanadas de los abismos del averno. A veces los alaridos desaparecían y al parecer un coro de voces graves salmodiaba la terrible melodía:

Ph'nglui mglw'nafh Cthulhu
R'lyeh wgah'nagl fgtagn.

Finalmente, los hombres llegaron a un lugar donde el bosque era menos espeso y se hallaron en medio del ritual. Cuatro de ellos resbalaron, otro se desmayó y otros dos emitieron un alarido de pánico que, afortunadamente, fue apaciguado por el fragor salvaje de la fiesta. Legrasse vertió agua del pantano en la cara del desmayado y después todos juntos observaron, extasiados de horror, la escena.

Una isla verde y seca, que se extendía en cuarenta áreas y carecía de árboles, se erigía en un claro claro natural del pantano. En ella brincaba y se contorneaba una hueste de seres humanos anómalos, más inenarrables que los hubiera podido pintar un Sime o un Angarola. Desnudos, esos seres singulares gemían, aullaban y se retorcían en torno a un fuego circular.

Ocasionalmente la cortina de fuego se rasgaba y podía verse en el centro un bloque de piedra de aproximadamente dos metros y medio de altura, en cuyo extremo superior se levantaba la nefasta estatuilla, que desconcertaba por su diminuto tamaño. En un círculo mayor que rodeaba el fuego, en diez cadalsos emplazados a distancias regulares, y teniendo también a la estatuilla como centro, estaban colgados boca abajo los cuerpos mutilados de los pobladores desaparecidos. Un anillo de adoradores brincaba y aullaba dentro de este círculo, desplazándose de izquierda a derecha en una orgía incesante que se desarrollaba entre la circunferencia de fuego y la circunferencia de cadáveres.

Tal vez fue imaginación, tal vez fue un simple eco, pero lo cierto es que uno de los hombres, un español muy susceptible, creyó oír que las invocaciones eran respondidas por unos sonidos antifonales que provenían de un sitio remoto y oscuro, emplazado en lo más hondo de aquel bosque legendario. Dicho hombre era Joseph D. Gálvez, a quien tiempo después encontré e inquirí, notando que era extremadamente imaginativo. Llegó a decir incluso que había oído el golpeteo de unas alas lejanas y que había visto unos ojos resplandecientes y una gigantesca superficie blancuzca detrás de los últimos árboles. No obstante, sospecho que estaba demasiado influenciado por las creencias locales.

La inacción de aquellos hombres aterrorizados fue comparativamente de escasa duración. El sentido del deber obturó repentinamente todas las dudas, y a pesar de que eran cerca de cien los adoradores, la policía, segura con sus armas de fuego, invadió la hueste. El caos y la aglomeración fueron inenarrables durante cinco minutos. Hubo golpes, disparos y escapadas frenéticas. No obstante, al final, Legrasse contabilizó cuarenta y siete prisioneros, a los que obligó a vestirse inmediatamente rodeándolos de policías. Cinco de los adoradores habían muerto en el enfrentamiento y otros dos, muy lastimados, fueron llevados por sus pares en unas camillas improvisadas. La estatuilla del monolito fue extraída con sumo cuidado y llevada por Legrasse.

Cuando más tarde, luego de un viaje atenuante, fueron estudiados en la jefatura de policía, se comprobó que los prisioneros eran mestizos de muy baja calaña y mentalmente deficientes. La mayoría de ellos eran marineros, y había entre ellos algunos negros y mulatos provenientes principalmente de las islas del Cabo Verde, que proporcionaban un tinte vudú a aquella secta híbrida. No obstante, fue preciso hacer cuantiosas preguntas para determinar que se trataba de algo más hondo y antiguo que un culto africano. Los prisioneros, a pesar de ser ignorantes y de baja calaña, se mantuvieron firmes con una admirable certeza a la idea matriz de su culto detestable.

Según dijeron, veneraban a los Grandes Antiguos que eran previos al hombre y que habían arribado al mundo recién nacido desde el cielo. Tales Antiguos se habían ocultado en el interior de la tierra y en el fondo del mar, pero sus despojos cadavéricos se habían vinculado en sueños con el primer hombre, quien habían inventado una religión que había sobrevivido por siempre. Tal era su culto, y los prisioneros afirmaron que había existido desde siempre y que siempre existiría, parapetándose en desiertos remotos y sitios apartados hasta el momento en que el Gran sacerdote Cthulhu saliese de su ominoso hogar en la comarca submarina de R'lyeh para gobernar nuevamente sobre toda la Tierra. Cierto día, cuando los astros ocuparan una posición determinada, arribaría, y su religión secreta estaría allí, aguardándolo.

Mientras esto no sucediese, ellos no estaban autorizados a revelar nada más. Eran secretos tales que ni las torturas eran capaces de arrancar. Los hombres no eran las únicas entidades conscientes de la Tierra, ya que había formas que surgían de las tinieblas para visitar a su pequeño número de adoradores. Pero no se trataba de los Grandes Antiguos. No existía ser humano que hubiera visto a los Antiguos. La estatuilla de piedra representaba al Gran Cthulhu, pero no había quien fuera capaz de afirmar que los otros fueran iguales a él. Tampoco nadie podía interpretar los antiguos caracteres; muchas cuestiones se comunicaban oralmente. La invocación del rito no constituía al secreto. El secreto jamás se transmitía en voz alta. El cántico decía: "En su casa de R'lyeh el ausente Cthulhu aguarda soñando".

Únicamente dos prisioneros fueron considerados normales y se los ahorcó; los demás fueron enviados a instituciones varias. Todos rechazaron su participación en la ejecución de los crímenes concernientes al rito y endilgaban la culpa de aquellos asesinatos a los Alas Negras que se habían acercado hasta ellos desde un recóndito refugio en el bosque maldito. No obstante, nada racional se pudo conocer acerca de esos cómplices enigmáticos. La mayor parte de los datos que la policía obtuvo provino de un anciano mestizo llamado Castro, quien decía haber arribado a puertos distantes y hablado con los líderes eternos de la secta de las regiones montañosas de china.

El anciano Castro recordaba comentarios legendarios que hacían insignificantes las grandes elucubraciones de la teosofía y consideraban al universo como algo efímero y reciente. En evos muy remotos otros seres habían reinado sobre la Tierra. Los líderes eternos de China le dijeron a Castro que habían habitado grandes ciudades y sus rastros todavía podían ser vistos en ciertas piedras colosales de algunas islas del Pacífico. Habían desaparecido muchísimo antes de la aparición del hombre, pero existían técnicas que podrían revivirlos cuando los cuerpos celestes volvieran a tener una determinada posición en los cielos sempiternos. Dichos seres provenían ciertamente de las estrellas y habían traído sus imágenes con ellos.

Según Castro, estos Grandes Antiguos no eran de carne y hueso. Poseían una forma, tal como lo probaba esta imagen estelar, pero esa forma no era material. Cuando los astros eran favorables se trasladaban de mundo en mundo a través de los cielos, pero cuando éstos eran adversos, no podían sobrevivir. No obstante, a pesar de no vivir, no habían muerto verdaderamente. Se resguardaban todos ellos en casas de piedra de la comarca de R'lyeh, conservada por los hechizos del Gran Cthulhu, hasta el día en que los astros y la Tierra pudiesen recibir su bienaventurada reencarnación. No obstante, en tal periodo alguna fuerza externa debería colaborar con la liberación de los cuerpos. Los hechizos que evitaban su desaparición también evitaban su movimiento, de modo tal que los Antiguos debían conformarse con permanecer y elucubrar en las sombras mientras se sucedían millones de años. Estaban al tanto de todo lo que acontecía en el mundo, porque su lenguaje era la telepatía. En ese preciso momento estaban hablando desde sus sepulturas. Después de un caos interminable, cuando surgieron los primeros hombres, los Grandes Antiguos se comunicaron con los más perceptivos tallando imágenes en sus sueños.

Según balbuceos de Castro, aquellos hombres primitivos instauraron la religión por la cual se veneraba a los ídolos de los Grandes Antiguos: ídolos importados de astros ominosos en un tiempo infinitamente distante. Este culto sobreviviría hasta que los astros fueran nuevamente favorables. Los sacerdotes sacarían al Gran Cthulhu de su sepultura para que animase a sus súbditos y reasumiera su dominio sobre la Tierra. Ese tiempo sería fácilmente reconocible porque toda la humanidad se semejaría a los Grandes Antiguos: sería indómita y libre, desconocería toda moral y toda ley, estaría por encima del bien y del mal. Todos los hombres darían alaridos y asesinarían, presas

del gozo. Los Grandes Antiguos, una vez libres, otor-
garían nuevos modelos de gritos, y matanzas, y
placeres: todo el mundo se incendiaría en un caos de
libertad y frenesí. Hasta entonces, el culto debía mantener el recuerdo de aquellos antiquísimos días con
ritos adecuados y augurar su vuelta.

En los primeros evos, algunos hombres selectos se
habían comunicado en sueños con estos seres, pero
después algo había ocurrido. R'lyeh, la gran comarca de
piedra, con todas sus estatuas y sepulturas, se había
sumergido debajo de las aguas y los líquidos
abismales, que poseían un enigma central que nadie
osaría penetrar, habían obturado esos encuentros
oníricos. Pero las remembranzas persistían y los su-
mos sacerdotes sostenían que cuando los astros fuesen
favorables la comarca emergería a la superficie. En ese
momento, los antiguos y pantanosos espíritus telúricos
abandonarían sus cuevas subterráneas y darían a
conocer los conocimientos aprendidos en los fantasmales fondos de los océanos. No obstante, el anciano
Castro no se atrevía a hablar de ellos. Súbitamente
cortó su discurso y ninguna sutileza ni adulación pudo
sacarle más información. Curiosamente, tampoco se
atrevió a hablar del tamaño de los Antiguos. Afirmó,
sin embargo, respecto del culto que su núcleo debía
hallarse en los impertérritos desiertos de Arabia, donde Irem, la Ciudad de los Pilares, sueña intacta y oculta.
No se vinculaba en absoluto con los ritos europeos, y
únicamente era conocida por sus miembros. Ningún
libro se refería a él, pero los líderes eternos chinos

afirmaban que en el *Necronomicon* del demente poeta
Abdul Alhazred había un mensaje velado que el iniciado podía leer de maneras muy dispares, en especial
en el dístico tan polémico:

*No está muerto lo que yace perpetuamente,
y con el transcurso de los evos, incluso la muerte
puede fenecer.*

Muy perturbado y con extrema curiosidad,
Legrasse había indagado los orígenes históricos del
culto sin tener éxito. Parecía ser que Castro no había
mentido al afirmar que se trataba de un secreto. Los
máximos catedráticos de la Universidad de Tulane no
pudieron darle ninguna información sobre el culto o
sobre la estatuilla, de modo tal que ahora estaba recu-
rriendo a los supremos eruditos en la materia y se
encontraba precisamente con el asunto de Groenlandia
del profesor Webb.

El frenético interés que suscitó la narración de
Legrasse, junto con la presencia de la estatuilla, se re-
flejó más tarde en las cartas que se enviaron los
miembros del congreso; no obstante, de esto sólo hay
una mención en el informe policíaco. Para quienes se
enfrentan a diario con dobleces y charlatanería, la cautela es un asunto primordial. Legrasse le prestó la
estatuilla al profesor Webb por un tiempo, pero cuando
este último murió, la recibió nuevamente y desde entonces permanece en su casa. La he visto allí hace
mucho tiempo. Se trata de algo verdaderamente

aterrador, y, sin duda, se asemeja al bajorrelieve tallado en sueños por el joven Wilcox.

No me sorprendí entonces de que mi tío se hubiese perturbado por lo que el joven le contaba. ¿Qué pudo haber sentido, una vez que conocía la historia de Legrasse, al darse cuenta de que un joven muy perceptivo no solamente había visto *en sueños* la figura y la indescifrable escritura de los seres del pantano y de Groenlandia, sino que también había oído *en sueños* tres vocablos pertenecientes a la invocación de los sacerdotes de Louisiana y de los ominosos esquimales? Era lógico que el profesor Angell comenzase de inmediato una exhaustiva pesquisa, aunque de todos modos yo opinaba para mis adentros que el joven artista habría oído hablar de la antigua religión y habría elucubrado toda esa patraña de sueños para maximizar el enigma ante la atención de mi tío. El comentario de los sueños restantes y los recortes periodísticos recogidos por el profesor parecían validar la historia del joven; sin embargo, mi bien plantada razón y la absoluta extrañeza de la cuestión me condujeron a aceptar las conclusiones que creí más lógicas. De este modo, una vez que hube analizado nuevamente el escrito y las anotaciones teosóficas y antropológicas en confrontación con la descripción del culto que había proporcionado Legrasse, viajé hacia Providence para entrevistarme con el artista y acusarlo de haberse mofado de un anciano erudito en modo semejante.

Wilcox vivía todavía solo en el hotel *Fleur de Lys* de Thomas Street, una deslucida imitación de la arquitectura bretona del siglo XVII. El frente de estuco del hotel se destacaban las agradables casitas coloniales y bajo la sombra del campanario georgiano más bello de América. Encontré a Wilcox en su habitación, concentrado en su trabajo, y supe inmediatamente que su talento era hondo y legítimo por las obras que lo circundaban. Sospecho que en alguna época Wilcox será pensado como uno de los grandes artistas decadentes, porque ha representado en arcilla y algún día lo hará en el mármol esas estentóreas ficciones que sugiere la prosa de Arthur Smith en versos y lienzos.

Wilcox, moreno, endeble y algo desgarbado, apenas giró la cabeza y sin abandonar su silla me preguntó qué necesitaba. Al decir quién era expresó cierto interés, porque mi tío lo había dejado intrigado al analizar sus extravagantes sueños, sin explicarle jamás las motivaciones de este análisis. Sin darle mayor información, intenté hacerlo hablar con prudencia. En poco tiempo estuve convencido de que era completamente sincero: hablaba de sus sueños y los vestigios subconscientes habían provocado una profunda influencia en su arte: me enseñó una estatua morbosa, cuyas formas me sobresaltaron por la terrible atracción de su lobreguez. No recordaba haber observado el original a no ser en el bajorrelieve tallado en sueños, aunque los contornos se habían delineado automáticamente bajo sus manos. Se trataba, indudablemente, de la figura colosal que había descrito durante su desvarío. Poco después corroboré que no sabía nada acerca del culto, excepto aquello que durante el minucioso pesquisar de mi tío se había dejado entrever, y entonces intenté nuevamente deducir de qué manera había recibido esas ideas sobrenaturales.

Habló de sus sueños de una forma sorprendentemente poética, dibujándome con extrema precisión la comarca ciclópea de piedra verdosa y mohosa —*de un diseño absolutamente equívoco*, según afirmó— y volví a oír nuevamente la cavernosa llamada mental con una expectación temerosa: *Cthulhu fhtagn, Cthulhu fhtagn*.

Éstas eran las palabras que figuraban en la pavorosa invocación que evocaba la simbiosis de sueño y vigilia de Cthulhu en su lecho de piedra en R'lyeh, y, a despecho de mis razonamientos lógicos, me sentí sobrecogido. No cabían dudas de que Wilcox había oído hablar del culto en forma casual y lo habría olvidado entre todo su caudal de lecturas y cosmovisiones fantásticas. Después, debido a su índole impresionable, el culto había hallado su forma de manifestarse inconscientemente a través de los sueños, el bajorrelieve de arcilla y la estatua que tenía frente a mí. De este modo, el engaño había carecido de intención. Ciertamente el joven tenía una conducta un poco vulgar y afectada que me disgustaba, pero estaba dispuesto a aceptar su talento y su sinceridad. Lo dejé en los mejores términos, augurándole toda la fortuna que su destreza le prometía.

La cuestión de este culto seguía apasionándome y por momentos me figuraba que podría obtener celebridad indagando su origen y sus vinculaciones.

Visité en Nueva Orleans a Legrasse y a otros que habían participado en aquella antigua expedición, estudié la estatuilla e incluso hice averiguaciones entre los prisioneros que todavía estaban vivos. Desgraciadamente, el anciano Castro había muerto muchos años atrás. A pesar de que lo que oí era sólo una confirmación minuciosa del escrito y las anotaciones de mi tío, mi interés se maximizó y tuve la certeza de estar en el rastro de una religión antiquísima y oculta, la cual me convertiría en un célebre antropólogo si lograra descubrirla. En ese momento todavía mi postura era meramente interesada materialmente, *del mismo modo que ahora quisiera que fuese*, y por una extraña perversión mental me rehusé a aceptar la correspondencia entre los sueños y los recortes recogidos por el profesor Angell.

No obstante, hubo algo que me puso suspicaz y ahora creo saberlo: la muerte de mi tío no fue natural. Había caído al suelo en la ladera de la colina, en uno de esos pasajes que salen de los muelles donde son multitud los mestizos extranjeros, después de haber sido empujado por un marinero negro. Yo sabía que los sacerdotes de Louisiana eran conocidos por su mixtura de sangres y su vocación marina, y entonces no me hubiera asombrado conocer la existencia de agujas ponzoñosas y metodologías asesinas ocultas tan impías como aquellos ritos y veneraciones enigmáticas. Ciertamente, Legrasse y sus colegas no habían sido perturbados pero ahora en Noruega había muerto un marinero que veía ciertas cosas. ¿Acaso no pudieron haber llegado a mentes nefastas las pesquisas realizadas por mi tío luego de entrevistarse con el artista? Hoy sospecho que el profesor Angell murió porque sabía o quería saber más de lo debido. Probablemente me esté aguardando una muerte similar, porque yo también aprendí mucho.

III

La demencia del océano

Si algún día el cielo tuviera la intención de otorgarme un favor sublime, debería anular completamente en mi memoria el hallazgo que realicé, casualmente, cuando le daba un vistazo a una hoja de periódico que recubría el estante. Se trataba de un número viejo del *Sidney Bulletin*, del 18 de abril de 1925, que nunca había sido obviado por la agencia de recortes que había estado recogiendo fervientemente materiales para mi tío.

En ese momento yo casi había desechado completamente mis pesquisas sobre el que el profesor denominaba el "culto de Cthulhu" y estaba visitando la casa de un sabio amigo en Patterson, Nueva Jersey, que era mantenedor del museo local y un célebre minerólogo. Mientras miraba cierta vez las muestras de reserva, que estaban amontonadas caóticamente en los estantes de una de las salas posteriores del museo, mis ojos se fijaron en un extraño dibujo de uno de los periódicos que se extendían debajo de las rocas. Se trataba del *Sidney Bulletin* del que ya he hablado. Mi amigo tenía corresponsales en todos los países extranjeros posibles. El dibujo representaba una desagradable estatuilla de piedra casi igual a la que Legrasse había recogido del pantano.

Alivié con fervor a la hoja de su invalorable peso, leí la nota minuciosamente y me lamenté por su brevedad. No obstante, aquello que dejaba vislumbrar era sumamente importante para la ya dudosa investigación. Prolijamente arranqué la nota con la intención de ponerme de inmediato en acción. Esto era lo que decía:

El *Vigilant* llegó remolcando a un yate neozelandés cargado de armas. A bordo un muerto y un sobreviviente. Afirman luchas violentas y muertes en alta mar. Marinero sobreviviente rehusa dar detalles del enigmático suceso. Extraño tótem hallado en su poder. Comenzará una importante investigación.

El buque carguero *Vigilant* de la empresa Morrison, llegó desde Valparaíso esta mañana a su puesto de amarre en Darling Harbour remolcando el yate *Alert* de Dunedin No. 2, que se encontraba con múltiples daños, aunque aún cargaba cuantiosas armas. El yate había sido divisado el 12 de abril a los 34°21' de latitud sur y 152°17' de longitud oeste, llevando a bordo un muerto y un sobreviviente.

El *Vigilant* había zarpado de Valparaíso el 25 de marzo y el 2 de abril fue desviado violentamente de su curso, con dirección sur, por fuertes tormentas y olas gigantescas. El 12 de abril divisó el buque que estaba a la deriva. Su apariencia hacía pensar que estaba abandonado, pero luego se supo que llevaba un sobreviviente que deliraba y un cadáver de al menos una semana.

El sobreviviente ceñía entre sus manos una desagradable piedra de origen desconocido, de alrededor de 30 cm de alto, cuya procedencia no pudieron discernir los profesores de la Universidad de Sidney, la Sociedad Real y el museo de College Street y que el hombre decía haber encontrado en la cabina del yate, en un pequeño altar improvisado.

Cuando recuperó la cordura, el hombre contó una historia de filibusteros violentos muy extraña. Él era un noruego llamado Gustaf Johansen, medianamente culto, segundo oficial en la goleta *Emma* de Auckland, que zarpó con rumbo a El Callao el 20 de febrero, llevando una tripulación de once hombres.

Según contó, el *Emma* fue desviado y retrasado considerablemente de su rumbo por la tormenta del 1 de marzo y el 22 se encontraba en la posición 49°51' de latitud sur y 128°34' de longitud este, donde encontró al *Alert* conducido por una tripulación de canacas y mestizos de un aspecto muy desagradable. El capitán Collins no acató la orden de virar y la tripulación del yate comenzó el fuego inesperadamente con una batería de cañones de bronce marcadamente pesada.

El sobreviviente dijo que los marineros del Emma se resistieron valientemente, y a pesar de que la goleta había comenzado a hundirse después de que varios proyectiles hubieran alcanzado la línea de flotación, pudieron acercarse al adversario y lo cercaron luchando en la propia cubierta. Todos los tripulantes del yate debieron ser muertos, debido a su modo rudimentario y malvado para combatir.

Tres de los hombres del *Emma*, incluyendo al capitán Collins y al primer oficial Green, murieron; los ocho restantes, comandados por el segundo oficial Johansen, navegaron siguiendo el rumbo que llevaba el yate, para saber por qué les habían ordenado virar el rumbo.

Arribaron, al día siguiente, a una pequeña isla que no figura en mapa alguno. Seis de los hombres murieron allí, aunque Johansen no fue muy explícito al respecto y sólo dijo que habían caído en una grieta abierta entre las rocas.

Parecer ser que luego Johansen y su compañero volvieron al yate intentando navegar, pero fueron detenidos por la tormenta del 2 de abril.

Johansen no recuerda nada de lo que sucedió desde ese día hasta el 12 de abril, fecha en que fue recogido por el *Vigilant*, ni siquiera cuándo murió su compañero William Briden. El motivo de la muerte fue aparentemente la falta de víveres.

Informaciones procedentes de Dunedin nos cuentan que el *Alert* era famoso como barco carguero y tenía una reputación muy cuestionable. Formaba parte de un singular grupo de mestizos que provocaban curiosidad por frecuentar los bosques por la noche. Se habían lanzado presurosamente a navegar luego de la tormenta y los sismos del 1 de marzo.

Nuestros informes en Auckland nos dicen que el *Emma* y sus tripulantes tenían una excelsa reputación y que Johansen es un hombre absolutamente confiable.

El almirantazgo iniciará una pesquisa sobre el caso, durante la que se intentará que Johansen sea más elocuente.

Además de la demoníaca imagen sólo era esto, ¡sin embargo, qué terribles ideas engendró en mi cabeza! Estas preciadas nuevas sobre el culto de Cthulhu daban cuenta de que éste tenía seguidores pertinaces tanto en el agua como en la tierra.

¿Cuál habría sido la motivación de la multiétnica tripulación para ordenar el desvío del *Emma* mientras navegaba con su estatuilla? ¿Cuál era la isla ignota en la que habían muerto seis de los tripulantes y sobre la que el contramaestre Johansen no hablaba una palabra? ¿Qué había sacado en claro la pesquisa del almirantazgo y qué se conocía acerca de la ominosa secta de Dunedin? Y lo que más me maravillaba, ¿cuál era la abstrusa y evidente vinculación de los hechos que daba un sentido indiscutible y aterrador a los hechos tan minuciosamente recogidos por mi tío?

El 1 de marzo —28 de febrero para el huso horario internacional— una tempestad y un sismo habían tenido lugar. El *Alert* y su desagradable tripulación habían abandonado súbitamente Dunedin como respondiendo a una ineludible llamada, y en la otra punta del planeta poetas y artistas plásticos habían empezado a soñar con una gigantesca ciudad submarina, mientras un escultor joven tallaba, también en sueños, la fisonomía del pavoroso Cthulhu.

El 23 de marzo la tripulación del *Emma* arribaba a una isla ignota, donde perdería a seis hombres; mientras tanto ese mismo día los sueños de ciertas personas habían alcanzado su máxima profundidad oscureciéndose con la terrorífica figura de un monstruo descomunal y demoníaco, al mismo tiempo que un arquitecto enloquecía y un escultor caía en un indescriptible delirio.

¿Y qué se podía aventurar sobre esa tormenta del 2 de abril, momento en el que concluyeron todos los sueños de la ciudad sumergida y Wilcox sanó definitivamente de su extraña perturbación mental? ¿Y qué conjeturar por otra parte respecto de las referencias del anciano Castro sobre los Antiguos venidos de las estrellas y su reinado venidero, y respecto de su religión y de su *omnipresencia en los sueños*? ¿Acaso estaba en el filo de un abismo de aberraciones cósmicas, intolerables para un ser humano? De todas maneras, únicamente habían intervenido en las mentes y el 2 de abril había tenido fin la ominosa acechanza que había anidado en el espíritu de los hombres.

Esa misma tarde, me despedí de mi anfitrión y tomé un tren para San Francisco, después de haber pasado todo el día enviando telegramas y disponiendo presurosos preparativos. Estuve en Dunedin antes de que hubiera transcurrido un mes, no obstante, supe que allí se conocía bastante poco acerca de desagradables cultores que habían habitado las casillas de marinos. Los paseos errantes por los muelles eran algo poco excepcional y no tenía caso hablar de ello; pero supe algo acerca de una expedición terrestre llevada a cabo por aquellos mestizos, en la que se había dejado oír un tenue golpeteo de tambores y se había visto un resplandor rojizo en las colinas distantes.

En Auckland supe que Johansen había regresado a Sidney, donde, *completamente canoso*, había padecido un infructuoso interrogatorio, luego del cual vendió su casita de West Street y volvió con su esposa a su antiguo hogar en Oslo. Todo lo que conseguí fue su nuevo domicilio, ya que no había dicho a sus amigos sobre aquella aventura más de lo que había revelado a los oficiales del almirantazgo.

Por lo tanto, regresé nuevamente a Sidney e interrogué sin resultados a marinos y miembros de la corte. Pude ver el *Alert* en Circular Quay, en la bahía de Sidney, pero nada pude sacar en claro por su casco. La figura sentada, con cabeza pulposa, cuerpo de dragón, permanecía en el museo de Hyde Park. La miré minuciosamente y supe que estaba deliciosamente tallada, y tenía la misma enigmática y antiquísima atracción, el mismo inusitado material del ejemplar más pequeño que había incautado Legrasse. Según el mantenedor del museo, la estatuilla era para los geólogos un misterio inconmensurable y aseguraban que no existía en todo el planeta otro mineral semejante. Con cierto escozor, recordé lo que había dicho el anciano Castro acerca de los primeros Grandes Antiguos: "Provinieron de las estrellas y trajeron sus imágenes consigo".

Decidí, violentamente estremecido, visitar al oficial Johansen en Oslo. Arribé a Londres, desde donde me reembarqué inmediatamente hacia la capital de Noruega, y cierto día de otoño desembarqué en un pequeño puerto a la sombra de Egeberg.

Supe que la casa de Johansen estaba en la Ciudad Vieja del rey Harold Haardrada, que había continuado llamándose Oslo durante los siglos en que la ciudad principal era denominada Cristianía. Hice un pequeño recorrido en taxi, y golpeé en una casa vieja y limpia de frente de yeso con el corazón palpitante. Me abrió una mujer de cara apesadumbrada, ataviada de negro, que me informó en un inglés apenas inteligible que Gustav Johansen ya no pertenecía a este mundo.

No había sobrevivido mucho después de su regreso, ya que aquella aventura en el mar en 1925 había devastado su salud. Su esposa no estaba más enterada que el resto de la gente; no obstante, Johansen había dejado un prolongado informe que versaba sobre "asuntos técnicos", escrito en inglés con la intención aparente de que su mujer no llegara a entenderlo. Mientras daba un paseo por una callecita, cerca del muelle de Gothenburf, un paquete de periódicos viejos arrojado por la ventana de un desván, lo golpeó y derribó. Dos marinos mestizos lo ayudaron inmediatamente para que se incorporase pero el hombre murió antes de que lo recogiera la ambulancia. Desconcertados acerca de la causa de la muerte, los médicos diagnosticaron fallas cardíacas y un debilitamiento general.

Entonces un pánico punzante, que no me dejaría hasta que también mi sueño eterno fuese determinado, o por otra causa, me poseyó, horadándome los huesos. Después de haber convencido a su viuda de que tales "asuntos técnicos" me competían y que ello me autorizaba a tener el informe, me lo llevé y comencé su lectura en el barco que nuevamente me conduciría a Londres.

Se trataba de una narración simple, irregular, una bitácora escrita de memoria en la que pretendía documentar paso a paso aquel ominoso viaje final. No lo transcribiré en forma literal, por sus numerosas repeticiones y por su oscuridad; no obstante, mi resumen será suficiente para explicar por qué el sonido de las aguas contra el buque fue tan insoportable para mí que debí taparme los oídos.

Gracias a la misericordia divina, Johansen no conocía todo, a pesar de que hubiera visto la comarca y el monstruo; yo, sin embargo, no podré jamás descansar en paz mientras tenga presente el terror que acecha del otro lado de la vida, en el tiempo y en el espacio, y esas ominosas criaturas que llegaron de los astros más antiguos y que dormitan en el mar cavernoso, amigas y beneficiarias de una religión pesadillesca que pretende arrojarlas sobre nuestro planeta toda vez que un sismo vuelva a hacer emerger la ominosa comarca de piedra a la superficie y a la luz del sol.

La travesía de Johansen se había iniciado del modo en que él lo había manifestado ante el almirantazgo. El 20 de febrero el *Emma* había dejado Auckland en lastre y fue víctima de toda la embestida de esa tempestad posterior al sismo que hurtó a los abismos marinos todo el terror que se insertó en los sueños de los hombres. El barco navegó en forma favorable, una vez que recuperó el gobierno, hasta el 22 de marzo, fecha en que encontró al *Alert* (hasta yo sentí la pesadumbre del oficial cuando narraba el bombardeo y el hundimiento de su nave). Johansen hablaba con un profundo terror acerca de los mestizos que estaban a bordo de la otra embarcación. Algo horroroso en ellos hacía casi un deber aniquilarlos y Johansen estaba perplejo porque la corte los había acusado, a él y a sus compañeros, de crueldad. Una vez que capturaron la embarcación, Johansen y sus hombres, urgidos por la curiosidad, continuaron su travesía hasta toparse con una enorme columna de piedra que salía del océano, y a los 49°9' de latitud oeste, y 126°43' de longitud sur, se hallaron frente a una costa barrosa y una arquitectura ciclópea atiborrada de algas que indudablemente debe ser la concreción palpable del horror máximo del universo: la cadavérica comarca de R'lyeh, edificada millones de años atrás, antes del comienzo de la historia, por las criaturas gigantescas y abominables que bajaron desde unos astros remotos. El Gran Cthulhu y sus secuaces, moran allí, parapetados en unas cavernas verdes y húmedas desde donde emiten, a través de una cadena interminable, ideas que espantan a los hombres sensibles y que requieren inexorablemente a los cultores de tal religión que operen la vía de la liberación y la restitución. El oficial Johansen desconocía todo esto, ¡no obstante Dios sabe perfectamente que vio demasiado!

Según sospecho, solamente emergió del mar la cúspide de la comarca, coronada con una enorme estatua, donde se asienta el Gran Cthulhu. Si conjeturo la dimensión de todo lo que puede parapetarse en el fondo del mar, anhelo morir sin aguardar un minuto. Johansen y sus marinos se aterrorizaron ante la jerarquía estelar de aquella mojada Babilonia, poblada por demonios, y tal vez sospecharon, por un instinto, que no tenía que ver con este planeta ni con ninguno parecido. Un pánico idéntico se repite en toda las líneas de la temblorosa narración de Johansen: pánico hacia los increíblemente desmesurados bloques de piedra verde, hacia la desesperante altura de la estatua tallada, hacia la maravillosa coincidencia entre esas inmensas esculturas y bajorrelieves y la inquietante imagen hallada en la sentina del *Alert.*

Johansen describe la ciudad como algo muy similar a una creación futurista, sin saber nada de futurismo. En lugar de hablar de una determinada estructura edilicia, lo reduce todo a ángulos y superficies de piedra —superficies demasiado grandes para pertenecer a este mundo, y enmanteladas de caracteres desconocidos y ominosas representaciones. Hago hincapié de estos *ángulos* porque me recuerdan los sueños que me narró Wilcox. El joven artista había puntualizado que la geometría de la comarca de sus sueños no era normal, no era euclidiana, y que se vinculaba con esferas y tamaños diferentes de los nuestros. Ahora un marino no ilustrado tenía la misma impresión ante aquella espantosa realidad.

Johansen y su tripulación desembarcaron en la plaza de esta ominosa ciudad, y ascendieron resbalándose por gradas gigantescas y mohosas que ningún hombre hubiera sido capaz de construir. El propio sol se presentaba deforme si era vislumbrado a través de los virus abarcadores que emergían de esta aberración submarina; una tortura amenazante acechaba aquellos ángulos anómalos donde una segunda mirada mostraba una concavidad cuando antes se creía haber visto una convexidad.

Todos aquellos investigadores se sintieron inmersos en un terror indecible, incluso antes de ver algo concreto (además de las rocas, los musgos y las algas). Todos hubieran huído sino hubieran temido ser burlados por el resto y desganadamente optaron por buscar algo que oficiase de recuerdo —inútilmente como entendieron más tarde.

El portugués Rodríguez fue el primero en llegar a la base de la estatua y les advirtió a los otros gritando lo que había descubierto. Poco después los hombres observaron con curiosidad una gigantesca puerta

tallada con el ya conocido bajorrelieve del pulpo—dragón. Johansen describía que se parecía a la enorme
puerta de un granero. Todos distinguieron allí una puerta, porque tenía un umbral, un dintel y dos montantes,
pero ninguno fue capaz de decidir si estaba dispuesta
horizontalmente, como la puerta de una trampa, o algo
oblicua, como la puerta externa de un desván. La geometría del lugar, tal como lo hubiera afirmado Wilcox,
era incorrecta. Uno ni siquiera podía garantizar que el
mar y el piso fueran horizontales, de manera que la
posición relativa de todo lo demás parecía variar de
un modo fantasioso.

Brinden hizo presión sobre la piedra en diversos
sitios sin obtener resultado. Después, Donovan tocó
delicadamente los extremos, presionando individual-
mente cada punto. Ascendió lentamente por el tosco
relieve de la piedra —podemos decir que ascendió si
aceptamos que la puerta no era finalmente horizon-
tal—, y los demás se preguntaron cómo una piedra
podía ser tan enorme. Por último, leve y lentamente,
la zona superior del panel comenzó a hundirse hacia
adentro, y todos observaron cómo la piedra se movía.

Donovan se ciñó o trepó a lo largo de cada mon-
tante, y el resto vio el singular retroceso de la ominosa
puerta. En aquella ilusoria órbita de anomalías pris-
máticas, la piedra se deslizaba irregularmente en
diagonal, desdiciendo todas las legitimidades de la
materia y la perspectiva.

La oquedad dejaba ver una oscuridad casi concre-
ta. Ese abismo tenía ciertamente una *cualidad positiva*,

ya que ocultaba algunas zonas de los muros interiores que debían ser visibles. Finalmente emergió de aquella prisión milenaria, una especie de humo, miniaturizado y arrogante, que empañó el brillo solar en su ascensión hacia el cielo, con la ayuda de sus alas membranosas. El hedor que surgía de aquellas tinieblas era intolerable, y Hawkins, que tenía buen oído, dijo oír allá abajo un sonido de inmundos chapoteos. Todos lo oyeron y todos seguían escuchando cuando se materializó el monstruo, con hilos de baba y presionando su tamaño verde y gelatinoso por la aberrante oquedad hasta ascender pesadamente en el aire putrefacto de aquella comarca pesadillesca.

La caligrafía del infeliz Johansen se torna ilegible en esta parte. Dos de los seis hombres que nunca regresaron al barco murieron sencillamente de pánico en aquel instante desesperado, según cree. El monstruo escapa a toda posible descripción. No existe un lenguaje adecuado para ese infinito horror inolvidable, aberrante negación de toda la legalidad de la materia, la fuerza y el cosmos. Era como una montaña caminando. ¡Dios santo! ¿Puede resultar extraño que en la otra mitad del planeta un célebre arquitecto enloqueciese y que en aquel instante telepático el delirio atrapara al infeliz Wilcox? El monstruo de los dioses, el diablo verde y escamoso venido de otros astros había despertado para requerir sus derechos. Los astros eran nuevamente favorables, y lo que un antiquísimo culto no había logrado con su empeño, lo había desencadenado accidentalmente un grupo de inocentes marineros. Después de millones y millones de años el Gran Cthulhu estaba libre nuevamente.

Tres hombres fueron devastados por sus patas membranosas antes de que nadie tuviera tiempo de darse a la fuga. Si existe algo de paz en el cosmos, que descansen en ella. Eran Donovan, Guerrera y Angstrom. Parker trastabilló mientras los tres restantes se abalanzaban por una geografía interminable de rocas verdes. Johansen jura que fue absorbido hacia arriba por un ángulo operado como si fuese obtuso. De esta manera, únicamente Briden y Johansen arribaron al bote, y se precipitaron angustiosamente hasta el *Alert* mientras el monstruo gigantesco bajaba por las gradas de piedra resbaladiza y se detenía desconcertado a orillas del agua.

Las calderas habían permanecido encendidas aunque todos habían desembarcado, y con unos pocos segundos de corridas desesperadas entre ruedas y motores fue suficiente para poner en marcha al *Alert*. Lentamente la hélice comenzó a horadar las aguas, entre el pánico grotesco de esta situación inimaginable. Mientras tanto, en la costa maléfica y sobre aquellas edificaciones que no pertenecían a este mundo, el monstruo gigantesco venido de las estrellas lanzaba gritos incomprensibles, como Polifemo al injuriar la veloz embarcación de Ulises. Inmediatamente, con más astucia que los cíclopes legendarios, el Gran Cthulhu ingresó en las aguas y comenzó un acoso a golpes que dio lugar a unas olas gigantescas. Briden lo vio y perdió la razón. Desde ese momento rió intermitentemente hasta que murió en la cabina mientras Johansen iba de un lado a otro delirante.

Sin embargo, Johansen no había desistido de su huída. Creyendo que el monstruo alcanzaría al *Alert* antes de que la presión llegase al máximo punto, decidió intentar algo desesperado: aceleró los motores, subió a cubierta velozmente y giró el timón. Se produjo un remolino espumoso en la superficie de las aguas y mientras subía la presión del vapor, el osado noruego condujo su embarcación contra aquella mole resbaladiza que se erguía sobre las sucias espumas como la popa de un galeón endemoniado. La ominosa cabeza de pulpo, atiborrada de tentáculos, casi alcanzaba la punta del bauprés, no obstante, Johansen no retrocedió.

Hubo una explosión como la de un globo que se revienta, un líquido nauseabundo como el que sale al cortar un pez luna, un hedor como de mil sepulturas abiertas y un sonido que el narrador no pudo detallar. Durante un tiempo una nube verde, aciaga y enceguecedora, rodeó el buque y un calor maléfico quedó en popa, donde ¡santo cielo! la desparramada ductilidad de aquella entidad celeste estaba *recomponiéndose* y recobrando su forma original, mientras el *Alert* se alejaba más y más, obteniendo velocidad.

Eso fue todo. Desde entonces, Johansen se dedicó a reflexionar obtusamente sobre el ídolo de la cabina y a preparar comidas para él y su delirante compañero. No intentó conducir el barco; después de aquello había perdido algunas batientes de su alma. Luego ocurrió la tempestad del 2 de abril, que acabó de oscurecer su razón. Confusamente recordaba inmensos abismos líquidos de muros fantasmales giratorios, súbitos desplazamientos por universos escurridizos en la cola de un cometa y saltos convulsivos desde el fondo del mar hasta la luna y nuevamente hasta el fondo del mar, todo imbuido en una música de risotadas de antiquísimas divinidades y de los demonios verdes del Tártaro con alas de murciélago.

Después de ese mal sueño, sobrevino al rescate, el *Vigilant*, el tribunal del almirantazgo, las callejas de Dunedin, y el largo viaje de regreso a su casa natal, junto al Egeberg. No podía contar nada, todos lo creerían demente. Lo escribiría antes de morir, pero sin despertar sospechas en su esposa. La muerte le sería favorable si lograba arrancarle los recuerdos.

Éste era el documento que leí. Lo he metido en una caja de lata junto con el bajorrelieve de arcilla y los papeles del profesor Angell. También introduciré esta narración, prueba de mi raciocinio —lugar donde ha ensamblado lo que espero que nunca más vuelva a unirse. He vislumbrado todo lo ominoso que puede existir en el cosmos, y hasta los cielos primaverales y las flores del estío me parecerán siempre ponzoñosas. No obstante, sospecho que no viviré mucho. Tal como mi tío y el infeliz Johansen, yo desapareceré. Sé demasiado y el culto sobrevive.

Sospecho que Cthulhu existe también en su refugio de piedra que lo cobija desde que el sol era joven. Su comarca maléfica se ha sumergido nuevamente, ya que el *Vigilant* navegó por aquellas coordenadas después de la tempestad de abril; sin embargo, sus embajadores en la Tierra bailan todavía, cantan y asesinan en lugares diversos, girando en torno a bloques de piedra con ídolos. Cthulhu debió ser atrapado por las tinieblas submarinas porque de no ser así el mundo estaría en un alarido de pánico. ¿Quién conoce el fin? Lo que ha emergido puede hundirse y lo que se ha hundido puede emerger. Lo satánico aguarda soñando en el fondo del mar, y sobre las ondulantes ciudades humanas navega el Apocalipsis. Un día llegará... ¡pero no debo ni puedo imaginarlo! Imploro que si muero luego de escribir este relato, mis derechohabientes regulen que la cautela sea mayor que la audacia y no permitan que caiga bajo otra mirada.

Herbert West:
Reanimador

I

De las sombras

De Herbert West, que fue amigo mío desde el tiempo de la universidad sólo puedo hablar con un terror extremo. Este terror no se debe solamente al modo siniestro en que hace poco desapareció, sino que se fue generando en la naturaleza del trabajo que realizó durante su vida y que por vez primera alcanzó gravedad hace más de diecisiete años cuando nos encontrábamos en el tercer año de nuestra carrera, en la Facultad de Medicina de la Universidad Miskatonic de Arkham. Mientras estuvo conmigo, me mantuvo completamente fascinado con sus maravillosos y perversos experimentos, y así me hice su compañero más cercano. Mi miedo es incluso mayor ahora que ha desaparecido y el hechizo se ha quebrado. Siempre los recuerdos y las contingencias son más terribles que la realidad.

El primer acontecimiento terrible que ocurrió durante nuestra amistad me causó la impresión más profunda que me hubiera llevado hasta ese momento, y aún hoy me cuesta contarlo. Sucedió, como decía, mientras estábamos en la Facultad de Medicina, donde West ya se había hecho fama con sus alocadas teorías acerca de la muerte y su naturaleza y las posibilidades de vencerla de modo artificial. Sus conjeturas, que eran ridiculizadas por profesores y alumnos, giraban en torno a la naturaleza esencialmente mecánica de la vida, y se remitían a la forma de hacer funcionar la maquinaria orgánica del ser humano, luego de que hubieran fallado los procesos naturales, por medio de una reacción química deducida. Con el objeto de experimentar variadas soluciones reanimadoras, había sometido a tratamiento y sacrificado a numerosos conejos, cobayos, gatos, perros y monos, hasta llegar a convertirse en la persona más resistida de la Facultad. En varias oportunidades había llegado a obtener signos vitales en los animales que supuestamente se hallaban muertos, violentos signos de vida; pero prontamente tuvo conciencia de que la optimización de su proceso, de ser verdaderamente viable, necesariamente implicaría una vida entera dedicada a la investigación. Del mismo modo, ya que una solución no actuaba de la misma manera en especies orgánicas diferentes, vio claramente que debía disponer de seres humanos si deseaba lograr nuevos y más especializados progresos. Y fue entonces cuando chocó con las autoridades de la Universidad, y el propio decano de la Facultad de Medicina, el sabio y benévolo doctor Allan Halsey, cuya obra en favor de los enfermos es aún recordada por todos los antiguos vecinos de Arkham, fue el que le retiró el permiso para realizar experimentos.

Yo siempre había sido excepcionalmente tolerante con los trabajos de West, y frecuentemente hablábamos sobre sus teorías, cuyas derivaciones y apéndices resultaban infinitos. Al igual que Haeckel sostenía que la vida es un proceso químico y físico y que la supuesta "alma" es sólo un mito, y creía que la reanimación artificial de los muertos podía quedar supeditada solamente al estado de los tejidos; y que, si no se hubiera iniciado una descomposición real, cualquier cadáver dotado de todos los órganos se hallaba apto para recibir, a través de un tratamiento adecuado, esa cualidad singular que se conoce con el nombre "vida". West comprendía perfectamente que el más leve deterioro de las células cerebrales producido por un periodo letal aún fugaz podía llegar a afectar la vida intelectual y psíquica.

En un inicio, tenía las esperanzas de poder hallar una reacción capaz de restituir la vida antes de la verdadera acción de la muerte, y sólo los fracasos repetidos en animales le revelaron la incompatibilidad de los movimientos vitales naturales y los artificiales. Fue así como se procuró de ejemplares extremadamente frescos y les aplicó sus soluciones en la sangre inmediatamente luego de que la vida se hubiera extinguido. Tales circunstancias volvieron totalmente escéptico al profesorado, ya que pensaron que en ninguno de los casos la muerte se había producido efectivamente. No se detuvieron a sopesar la cuestión en forma razonable y pausada.

Al poco tiempo, luego de que el profesorado le hubiese prohibido proseguir con sus trabajos, West me confesó su decisión de conseguir de la forma que fuera ejemplares frescos y así reanudar secretamente los experimentos que no podía realizar con consentimiento. Resultaba horrible escucharlo hablar acerca del medio y el modo de conseguirlos; nunca en la Facultad nos habíamos tenido que preocupar por conseguir ejemplares para las prácticas de anatomía. En cada ocasión que el depósito disminuía, dos negros de la zona eran los encargados de enmendar este déficit sin que nunca se les preguntase. Por ese tiempo West era un joven delgado y con gafas, de rasgos delicados, cabello rubio, ojos azul claro y voz suave; y resultaba extraño oírle explicar como la fosa común era relativamente más atractiva que el cementerio de la iglesia de Cristo, ya que casi todos los cuerpos de este último se hallaban embalsamados; lo que, evidentemente, hacían imposibles las investigaciones de West.

En aquel tiempo yo era su esmerado y dependiente ayudante, y lo auxilié en todas sus decisiones, no sólo en las que tenían que ver con la fuente de abastecimiento de cadáveres, sino también en las que se referían al ámbito adecuado para nuestra desagradable labor. Fue a mí a quien se le ocurrió la granja abandonada de Chapman, al otro lado de Meadow Hill; allí habilitamos una estancia de la planta baja como sala de operaciones y otra como laboratorio, colocando en ambas dos gruesas cortinas con el objeto de ocultar nuestras actividades nocturnas. El lugar se hallaba lejos de la carretera y no había casas en las cercanías; de cualquier forma, había que ser extremadamente precavidos, ya que el más leve rumor acerca de luces extrañas que cualquier caminante nocturno hiciera correr podía resultar catastrófico para nuestra empresa. Si por alguna razón llegaban a descubrirnos acordamos en decir que se trataba de un laboratorio de química. De a poco fuimos dotando nuestra siniestra guarida científica con elementos comprados en Boston o sacados a hurtadillas de la Facultad —elementos camuflados con sumo cuidado, con el fin de hacerlos irreconocibles, salvo para los ojos expertos—, y nos abastecimos de picos y palas para los numerosos enterramientos que tendríamos que realizar en el sótano. En la Facultad había un incinerador, pero un artefacto como ese resultaba demasiado costoso para un laboratorio clandestino como el nuestro. Los cuerpos siempre eran una contrariedad... inclusive los pequeños cadáveres de cobayos de los experimentos secretos que West efectuaba en el cuarto de la pensión donde vivía.

Leíamos las noticias necrológicas locales como vampiros, ya que los ejemplares que necesitábamos requerían condiciones especiales. Lo que buscábamos eran cadáveres enterrados al poco tiempo de morir y sin ningún tipo de preservación artificial; preferiblemente, sin malformaciones morbosas, y por supuesto, con los órganos intactos. Nuestras mayores expectativas radicaban en las víctimas de accidentes. A lo largo de varias semanas no hubo noticias de ningún caso apropiado, aunque hablábamos con las autoridades del depósito y del hospital, pretendiendo representar los intereses de la Facultad, pero no con demasiada frecuencia, para no levantar sospechas así. Averiguamos que la Facultad tenía preferencia en todos los casos, de modo que tal vez deberíamos quedarnos en Arkham durante las vacaciones, cuando sólo se daban las limitadas clases de los cursos de verano. Pero al final la suerte nos sonrió; pues un día nos enteramos que iban a enterrar en la fosa común un caso que era casi ideal: un joven y robusto obrero que el día anterior se había ahogado en Summer's Pond, al que habían sepultado sin demoras ni embalsamamientos, por cuenta de la ciudad. Esa tarde hallamos la nueva sepultura y decidimos comenzar el trabajo pasada la medianoche.

Fue una tarea repulsiva la que llevamos en la oscuridad de las primeras horas de la madrugada, aun cuando por ese tiempo los cementerios no nos provocaban ese horror particular que las posteriores experiencias despertaron. Acarreábamos palas y lámparas de petróleo porque, si bien en ese entonces ya había linternas eléctricas, no eran tan avanzadas como esos artefactos de tungsteno de hoy en día. La labor de exhumación fue lenta y sórdida, podría haber llegado a ser horriblemente poética si hubiéramos sido artistas en vez de científicos; y cuando nuestras palas se encontraron con la madera sentimos alivio. Cuando la caja de pino quedó al descubierto por completo, West bajó, quitó la tapa, extrajo el contenido y lo dejó apoyado. Me agaché, lo tomé, y entre los dos lo sacamos de la fosa; luego trabajamos denodadamente para dejar el sitio como lo habíamos encontrado. La tarea nos había puesto un poco nerviosos; sobre todo, el cuerpo rígido y el inexpresivo rostro de nuestro primer trofeo; pero nos arreglamos para hacer desaparecer cualquier huella dejada en nuestra visita. Una vez que quedó lisa la última palada de tierra, metimos el ejemplar en un saco de lienzo e iniciamos la vuelta a la granja del viejo Chapman, al otro lado de Meadow Hill.

Bajo la luz de una potente lámpara de acetileno, en una improvisada mesa de disección instalada en la vieja granja, el ejemplar no tenía un aspecto muy espectral. Había sido un joven fornido y de poca imaginación, al parecer, un tipo sano y de clase baja —de constitución ancha, de ojos grises y pelo castaño—; un animal sano, sin una psicología intrincada, y lo más probable, con unos procesos vitales extremadamente sencillos y saludables. Ahora bien, parecía estar dormido más que muerto, así con los ojos cerrados; no obstante, la comprobación experta de mi amigo borró de inmediato cualquier duda al respecto. Por fin habíamos conseguido lo que West siempre había deseado: un muerto realmente ideal, apto para la solución que habíamos preparado con teorías y cálculos meticulosos, con el fin de aplicarla en un organismo humano. Estábamos enormemente tensos. Éramos conscientes de que las probabilidades de obtener un éxito completo eran mínimas, y no lográbamos reprimir un horrible temor a los grotescos efectos de una posible animación parcial. Teníamos particulares reparos en lo que se refería a la mente y a los impulsos de la criatura, ya que podría haber tenido algún deterioro en las delicadas células cerebrales luego de la muerte. En lo que a mí respecta, todavía conservaba una curiosa noción clásica del "alma" humana, y sentía algún miedo ante los enigmas que podría revelar alguien que volvía del reino de los muertos. Me preguntaba acerca de las visiones que podría haber presenciado este apacible joven en las inaccesibles regiones, y qué podría relatar, si regresaba por completo a la vida. Pero aún así mis expectativas no eran excesivas, ya que compartía casi en gran parte el materialismo de mi amigo. Él se mostró más inalterable que yo al inyectar una buena dosis del fluido en una vena del brazo del cadáver, y vendar el pinchazo de inmediato.

La espera fue espantosa, pero West no perdió en ningún momento el aplomo. De vez en cuando aplicaba el estetoscopio sobre el ejemplar, y sobrellevaba con filosofía la ausencia de resultados. Luego de que pasaran tres cuartos de hora, viendo que no había ningún signo de vida, decepcionado declaró que la solución no era adecuada; no obstante decidió sacar el mayor provecho de esta oportunidad, y así experimentar con una fórmula modificada, antes de deshacerse de su macabra presa. Por la tarde habíamos

cavado una fosa en el sótano, y deberíamos llenarla al
amanecer; pues aunque habíamos colocado cerradura
a la casa, no queríamos correr el menor riesgo para que
no se produjera ningún descubrimiento desagradable.
Además, el cuerpo ya no se hallaría ni medianamente
fresco a la noche siguiente. De manera que llevamos
la solitaria lámpara de acetileno al laboratorio conti-
guo —dejando a nuestro silencioso huésped sobre la
losa en la oscuridad— y pusimos manos a la obra en
la preparación de una solución nueva, después de que
West comprobara el peso y las mediciones con sumo
cuidado.

El horroroso acontecimiento sucedió repentinamente y de forma totalmente inesperada. Yo me
encontraba pasando algo de un tubo de ensayo a otro,
y West estaba ocupado con la lámpara de alcohol —
que hacía las veces de mechero Bunsen ya que en la
granja no había instalación de gas—, en el momento
en que de la habitación que habíamos dejado en las
sombras surgió la más espantosa y demoníaca suce-
sión de gritos que ninguno de los dos jamás hubiera
oído. No habría resultado más horrendo el caos de alaridos si el abismo se hubiese abierto para desatar la
angustia de los condenados, ya que en aquella pas-
mosa cacofonía se concentraba todo el terror y la
desesperación de la naturaleza animada. No podían
ser humanos, ningún hombre es capaz de proferir semejantes gritos; y sin reparar en la tarea que estábamos
realizando, ni en la posibilidad de ser descubiertos,
saltamos los dos como animales asustados por la

ventana más cercana, tirando al suelo tubos, lámparas y matraces, y huyendo como locos a la estrellada negrura de la noche rural. Creo que gritamos mientras corríamos como frenéticos con rumbo a la ciudad; pero cuando llegamos a las afueras nos contuvimos en nuestra actitud... lo suficiente como para parecer dos juerguistas trasnochados que regresaban a su hogar luego de una fiestecilla.

No nos separamos, sino que nos refugiamos en el cuarto de West, y allí hablamos, con la luz de gas encendida, hasta el amanecer. Ya a esa hora nos habíamos calmado un poco conjeturando posibles teorías y sugiriendo ideas prácticas para nuestra investigación, de modo que pudimos dormir todo el día en vez de ir a clases. Pero en la tarde aparecieron en el periódico dos artículos sin ninguna relación entre sí que nos quitaron el sueño. La antigua granja deshabitada de Chapman se había incendiado inexplicablemente, quedando reducida a un montón informe de cenizas; eso lo comprendíamos, ya que habíamos tirado la lámpara. El otro, informaba que habían tratado de abrir la reciente sepultura de la fosa común, como si hubiesen intentado cavar en la tierra sin herramientas. Esto nos resultó incomprensible ya que habíamos aplanado con sumo cuidado la tierra húmeda.

Y durante diecisiete años, West no dejó de mirar por encima de su hombro, y quejarse de que le parecía oír pasos detrás de él. Ahora ha desaparecido.

II

El demonio de la pestilencia

Nunca podré olvidar aquel espantoso verano, hace diecisiete años, en que como un perverso demonio de las moradas de Eblis, se propagó secretamente el tifus por toda Arkham. Muchos rememoran ese año por ese azote demoníaco, ya que un verdadero terror descendió con membranosas alas sobre los ataúdes apilados en el cementerio de la iglesia de Cristo; sin embargo, aún hay un horror más intenso que data de aquella época: un horror que solamente yo conozco, ahora que Herbert West ya no se encuentra en este mundo.

West y yo realizábamos tareas de postgrado en el curso de verano de la Facultad de Medicina de la Universidad Miskatonic, y mi amigo había adquirido una gran reputación gracias a sus experimentos encaminados a la reanimación de los muertos. Tras la ejecución científica de innumerables ejemplares, la grotesca tarea quedó suspendida aparentemente por orden de nuestro escéptico decano, el doctor Allan Halsey; pero West prosiguió realizando experimentos en secreto en la sórdida pensión donde vivía, y en una terrible e inolvidable ocasión había tomado un cuerpo humano de la fosa común, llevándolo a una granja situada al otro lado de Meadow Hill.

Yo me hallaba con él en aquella ocasión, y lo vi inyectar en las exánimes venas el elixir que, según él, debía resistir en cierto modo los procesos químicos y físicos. Aquel experimento había culminado de una forma horrible —en un delirio de terror que lentamente llegamos a creer que había sido obra de nuestros sobreexcitados nervios—, y West ya no logró liberarse de la enloquecedora sensación de que lo perseguían. El cadáver no se hallaba lo suficientemente fresco; era obvio que para restablecer las condiciones mentales normales el cadáver debe ser extremadamente fresco; por otro lado, el incendio de la antigua granja nos había impedido enterrar el ejemplar. Hubiera sido preferible saber con toda seguridad que se hallaba bajo tierra.

Luego de aquella experiencia, West abandonó sus investigaciones durante un tiempo; pero de a poco fue recobrando su nato celo científico, y volvió a molestar a los profesores de la Facultad, pidiéndoles permiso para utilizar la sala de disecciones y de ejemplares humanos frescos para la labor que él estimaba tan tremendamente importante. Pero sus súplicas fueron completamente en vano, ya que el doctor Halsey fue inflexible en su decisión, y los demás profesores respaldaron el veredicto de su superior. En la teoría de la reanimación no veían más que inmaduras extravagancias de un joven entusiasta cuyo delgado cuerpo, cabello rubio, ojos azules y miopes, y voz suave no hacían sospechar el poder supranormal —casi diabólico— del cerebro que había en su interior. Todavía logro verlo como era en ese entonces... y me estremezco. Su rostro se tornó más severo, y aunque no más viejo. Y ahora Sefton carga con la desgracia, y West ha desaparecido.

West se enfrentó duramente con el doctor Halsey casi al final de nuestro último año de carrera, en una disputa que le fue menos favorable a él, en lo que se refiere a cortesía, que al bondadoso decano. Afirmaba que este hombre tenía una postura innecesaria e irracionalmente retrógrada ante una labor enorme; una labor que naturalmente se podría hacer de manera particular, pero que quería iniciarla en la Facultad mientras tenía la ocasión de disponer de sus excepcionales instalaciones.

El que el tradicional profesorado persistiese en negar la posibilidad de reanimación e ignorase los especiales resultados obtenidos en animales, era inexpresablemente indignante, y resultaba incomprensible para un joven sumamente lógico como West. Sólo la experiencia le podría ayudar a comprender las crónicas mentes estrechas de clase "doctor-profesor", producto de generaciones de puritanos mediocres, bondadosos, conscientes, cordiales y amables, a veces, pero siempre rígidos, intolerantes, siervos de las costumbres y sin nada de perspectiva. El tiempo es más generoso con esas personas incompletas pero de alma abierta, cuyo defecto fundamental, en realidad, es la timidez, y las cuales terminan recibiendo el castigo del desprecio general por sus pecados intelectuales: su ptolemismo, su calvinismo, su antidarwinismo, su antinietzscheísmo, y por todo tipo de sabbatarinanismo y leyes suntuarias que practican. West, que a pesar de sus increíbles conocimientos científicos era joven, tenía poca paciencia con el buen doctor Halsey y sus colegas eruditos, y alimentaba un rencor cada vez mayor, acompañado de un deseo de demostrar la veracidad de sus teorías de alguna forma impresionante y conmovedora a estas excelencias obtusas. Y como la mayor parte de los jóvenes, se abandonaba a complejos sueños de venganza, triunfo y de elevada clemencia final.

Y por ese entonces surgió el azote, punzante y letal, de las alucinatorias cavernas del Tártaro. Cuando comenzó, West y yo ya nos habíamos graduado, aunque seguíamos en la Facultad, haciendo un trabajo extra del curso de verano, de manera que aún nos encontrábamos en Arkham cuando se desató con demoníaca furia en toda la ciudad. A pesar de que todavía no estábamos autorizados para ejercer, teníamos nuestro título, y nos vimos requeridos con inusitado ímpetu a incorporarnos al servicio público, cuando el número de afectados aumentó. La situación se volvió casi incontrolable, y las muertes se producían con tanta frecuencia que las empresas fúnebres de la localidad no podían ocuparse satisfactoriamente de todas ellas. Los entierros se hacían rápidamente, uno detrás del otro, sin ninguna preparación, y hasta el cementerio de la iglesia de Cristo se hallaba atestado de ataúdes de muertos sin embalsamar. Esta circunstancia tuvo su efecto en West, que con frecuencia pensaba en lo irónico de la situación: tantos ejemplares frescos y sin embargo, ¡ninguno servía para sus experimentos! Nos hallábamos desbordados de trabajo, y la terrible tensión mental y nerviosa despertaba morbosas reflexiones en mi amigo.

Pero los afables enemigos de West no se hallaban menos sumidos en agobiantes deberes. Se había cerrado la Facultad, y todos los doctores adscritos a ella colaboraron en la lucha contra la epidemia de tifus. El doctor Halsey, sobre todo, se destacaba por su abnegación, dedicando toda su gran capacidad, con sincero esfuerzo, a los casos que muchos otros esquivaban por lo riesgosos o por creerlos desesperados. Antes de que el mes terminara, el valeroso decano se había convertido en un héroe popular, aunque él no parecía enterarse de su fama, y se esforzaba por evitar el desmoronamiento por cansancio físico y agotamiento nervioso. West no podía menos que admirarse por la templanza de su enemigo; pero justamente por esto estaba aún más decidido a demostrarle la verdad de sus extravagantes teorías. Una noche aprovechándose de la desorganización que imperaba en el trabajo de la Facultad y las normas sanitarias municipales, se las arregló para llevar camufladamente el cuerpo de un recién fallecido a la sala de disección, y frente a mí le inyectó una nueva variante de su solución. El cadáver abrió efectivamente los ojos, aunque se limitó a fijarlos en el techo con una expresión de paralizado terror, antes de caer en una inercia de la que no se le pudo sacar. West aventuró que no era lo suficientemente fresco: el aire cálido del verano no beneficia a los cadáveres. En esa ocasión casi nos sorprendieron antes de que pudiéramos incinerar los restos, y West consideró desaconsejable repetir esta utilización indebida del laboratorio de la Facultad.

La epidemia tuvo su pico en agosto. West y yo estuvimos cerca de sucumbir; en cuanto al doctor Halsey, murió el día catorce. Todos los estudiantes acudieron el día quince a su precipitado funeral, y compraron una corona enorme, aunque casi la tapaban los testimonios enviados por los ciudadanos acomodados de Arkham y las mismas autoridades de la localidad. Fue casi un acontecimiento público, ya que el decano había sido un verdadero benefactor para la ciudad. Luego del entierro, permanecimos bastante deprimidos, y pasamos la tarde en el bar de la Comercial House, donde West, aunque dolido por el fallecimiento de su principal adversario, nos estremeció a todos los presentes hablándonos sobre sus extrañas teorías. Al caer la tarde, la mayor parte de los estudiantes volvieron a sus casas o se incorporaron a sus diversas tareas; pero West me convenció para que lo ayudara a "sacar

partido de la noche". La patrona de West nos vio llegar a la pensión a eso de las dos de la madrugada,
acompañados por un tercer hombre, y le contó a su
esposo que era evidente que habíamos cenado y bebi-
do en demasía.

Aparentemente, la agria patrona estaba en lo cierto; pues hacia las tres, toda la casa se despertó con los
gritos procedentes de la habitación de West, cuya puerta tiraron abajo, y nos encontraron a los dos tendidos
en la alfombra manchada de sangre, inconscientes,
golpeados, rasguñados y magullados, con pedazos de
frascos e instrumentos desparramados a nuestro alrededor. Sólo la ventana abierta revelaba qué había
pasado con nuestro asaltante, y muchos se preguntaron qué le habría sucedido al saltar desde el segundo
piso al césped de abajo.

Hallaron ciertas ropas extrañas en el cuarto, pero
cuando West despertó, dijo que no eran del desconocido sino que eran muestras tomadas para su análisis
bacteriológico, que eran parte de sus investigaciones
sobre la transmisión de enfermedades infecciosas.
Ordenó que las quemaran de inmediato en la amplia
chimenea.

Ante la policía, declaramos no conocer la identidad
del hombre que nos había acompañado. West explicó
nerviosamente que se trataba de un cordial extranjero
que habíamos conocido en un bar de la ciudad que no
recordábamos. Habíamos pasado un rato un poco ale-
gres y West y yo no deseábamos que detuvieran a
nuestro belicoso compañero.

En esa misma noche presenciamos el inicio del segundo horror de Arkham; horror que, para mí, eclipsaría a la misma epidemia. El cementerio de la iglesia de Cristo fue el escenario de un espantoso asesinato: había sido asesinado a arañazos un vigilante, no sólo de una forma indescriptiblemente horrorosa, sino que se dudaba que el agresor fuera un ser humano. La víctima había sido vista con vida pasado bastante tiempo después de la medianoche, descubriéndose el incalificable suceso recién al amanecer. Se interrogó al director de un circo que se hallaba en el vecino pueblo de Bolton, pero éste negó que alguno de sus animales se hubiera escapado de su jaula. Quienes hallaron el cadáver afirmaron haber observado un rastro de sangre que llevaba a una tumba reciente, en cuyo cemento había un pequeño charco rojo, justo delante de la entrada. Otro rastro más pequeño se alejaba hacia el bosque; pero enseguida se perdía.

A la siguiente noche, los demonios bailaron sobre los tejados de Arkham, y una locura desenfrenada aulló en el viento. Por la enfebrecida ciudad flotó libre una maldición, de la que algunos afirmaban que era más grande que la peste, y otros que era el mismísimo espíritu encarnado del mal. Un abominable ser ingresó en ocho casas desparramando la muerte roja a su paso... abandonando el mudo y sádico engendro un total de diecisiete cadáveres, para luego huir. Algunas personas que lograron verlo en la oscuridad dijeron que era blanco y parecido a un mono deforme o a un engendro con forma humana. A cuantos había atacado no los había dejado enteros, ya que a veces había sentido hambre. El número de víctimas ascendía a catorce; a las otras tres las había hallado ya muertas, víctimas de la peste, al irrumpir en sus casas.

En la tercera noche, los frenéticos grupos dirigidos por la policía alcanzaron a capturarle en una casa de Crane Street, cercana al campus de la universidad. Se había organizado la captura en forma minuciosa, manteniendo el contacto a través de puestos voluntarios de teléfono; y cuando alguien del distrito de la universidad informó que había oído arañar en una ventana cerrada, de inmediato se desplegó una red. Gracias a las precauciones tomadas y a la alarma general, no hubo más que dos víctimas, y la captura se realizó sin más accidentes. El engendro fue detenido por una bala, que no llegó a terminar con su vida, y fue trasladado al hospital local, en medio de la excitación y el estupor generalizados.

Porque ese ser había sido humano. Esto quedó claro, pese a sus repugnantes ojos, su mutismo simiesco, y su demoníaca furia. Le fue vendada la herida y lo trasladaron al manicomio de Sefton, donde estuvo golpeándose la cabeza durante dieciséis años contra las paredes de una celda acolchada, hasta un accidente reciente, por el cual escapó en circunstancias que a nadie le agrada mencionar. Lo que más espanto causó a quienes lo atraparon en Arkham fue que, al limpiarle el rostro al monstruoso engendro, observaron un increíble e irónico parecido con un sabio y abnegado mártir al que habían sepultado tres días atrás: el difunto doctor Allan Halsey, benefactor público y decano de la Facultad de Medicina de la Universidad de Miskatonic.

Para mí y para el desaparecido Herbert West el espanto y la repugnancia fueron indecibles. Aún, en esta noche, me estremezco cuando recuerdo todo ello, y tiemblo aún más de lo que temblé aquella mañana en que West murmuró entre sus vendajes:

—¡Maldición, no estaba lo suficientemente fresco!

III

Seis disparos bajo la luz de la luna

No es habitual descargar con total precipitación los seis tiros de un revólver, cuando con uno hubiera sido más que suficiente; pero hubo muchas cosas en la vida de Herbert West que no eran comunes. Por ejemplo, no es corriente que un médico recién egresado de la universidad se vea obligado a disimular las causas que lo llevan a elegir determinada casa y consulta; sin embargo, ése fue el caso de Herbert West. Cuando ambos obtuvimos el título en la Facultad de Medicina de la Universidad Miskatonic, e intentamos sobrellevar nuestras penurias instalándonos como facultativos de medicina general, tuvimos mucho cuidado en ocultar que la elección de nuestra casa se debía a su aislamiento y su cercanía al cementerio.

Un afán de soledad de esas características rara vez no tiene fundamentos; y como es natural, también nosotros los teníamos. Nuestras necesidades se debían a una labor marcadamente impopular. En la superficie, éramos sólo médicos; pero por debajo teníamos objetivos de mucha más y terrible importancia, ya que lo esencial en la vida de Herbert West era adentrarse en las oscuras y prohibidas regiones de lo desconocido, en las que esperaba hallar el secreto de la vida, y restituir perpetua animación al frío barro del cementerio. Una labor de esas características requiere extraños materiales, entre ellos, cadáveres humanos recientes; y para estar abastecido de ese tipo de materias indispensables, uno debe vivir en forma discreta no muy distante de un lugar de enterramientos anónimos.

West y yo nos conocimos en la universidad, y fui el único que simpatizó con sus horribles experimentos. De a poco me fui convirtiendo en su ayudante inseparable, y ahora que habíamos dejado la Universidad debíamos seguir juntos. No era fácil que dos doctores encontraron trabajo juntos; pero finalmente, por influencia de la universidad, se nos encomendó una consulta en Bolton, un pueblo industrial cercano a Arkham, la sede universitaria. Las Fábricas Textiles de Bolton son las más importantes del valle del Miskatonic, y sus operarios políglotas nunca fueron buenos y gratos pacientes para los médicos de la zona. Hicimos la elección de nuestra casa con sumo cuidado, y finalmente nos decidimos por un edificio ruinoso, cercano al final de Pond Street, a cinco números del vecino más próximo, y apenas separado del cementerio por una extensión de pradera interrumpida por una estrecha franja de espeso bosque que hay al norte. Esta distancia era más grande de lo que hubiéramos querido; pero no hallamos una casa más cercana, a menos que nos hubiéramos instalado del otro lado del prado, pero ya quedábamos muy alejados del distrito industrial. Pero eso no nos produjo demasiado descontento, ya que no había vecinos entre nosotros y nuestra siniestra fuente de abastecimiento. La distancia era grande, pero podríamos transportar nuestros mudos ejemplares sin ser molestados.

Desde el mismo inicio nuestro trabajo fue sorprendentemente abundante... bastante abundante como para dejar satisfechos a la mayoría de los jóvenes doctores, y bastante abundante como para aburrir y pesar a aquellos estudiosos cuyo verdadero interés era otro. Los operarios de las fábricas eran de inclinaciones medio turbulentas; de modo que además de sus cuantiosas necesidades de asistencia médica, sus habituales golpes, cuchilladas y peleas nos daban mucho trabajo. Pero lo que despertaba nuestro verdadero interés era el laboratorio secreto que habíamos instalado en el sótano: un laboratorio con una amplia mesa bajo luces eléctricas, donde, en las primeras horas de la madrugada, a menudo aplicábamos las diversas soluciones de West en las venas de los restos que sacábamos de la fosa común. West experimentaba con inquietud, tratando de hallar algo que pusiera nuevamente en marcha los signos vitales, luego de que ese fenómeno que llamamos muerte los hubiera interrumpido; pero chocaba con los obstáculos más horribles. El compuesto debía tener diversas composiciones para cada tipo en especial: el que servía para los conejillos de Indias no era utilizable en seres humanos, y cada clase requería sensibles modificaciones.

Los cuerpos debían ser excepcionalmente frescos, ya que una leve descomposición de los tejidos cerebrales hacía imposible que la reanimación fuera óptima. En efecto, la mayor parte del problema radicaba en conseguir cadáveres lo suficientemente frescos... West había tenido horrorosas experiencias durante sus experimentos secretos que había realizado en la universidad con cadáveres de dudosa calidad. Los efectos de una reanimación parcial o imperfecta eran mucho más horribles que los fracasos absolutos, y ambos teníamos recuerdos espeluznantes de ese tipo de consecuencias. Desde nuestra primera sesión demoníaca en la granja abandonada de Meadow Hill, Arkham, no habíamos dejado de sentir una amenaza secreta; y West, a pesar de que en casi todo sentido era un autómata frío, científico, rubio, y de ojos azules, frecuentemente confesaba, con estremecimiento, que le parecía ser víctima de una furtiva persecución. Tenía la sensación de que lo seguían; ilusión psíquica debido a sus trastornos nerviosos, aumentados por el innegablemente perturbador suceso de que al menos uno de los tres ejemplares reanimados seguía vivo: un ser espantoso y carnívoro que permanecía encerrado en una celda acolchada en Sefton. Además había

otro, el primero, cuyo verdadero destino nunca llegamos a conocer.

Tuvimos bastante fortuna con los ejemplares de
Bolton; mucha más que con los ejemplares de Arkham.
Habían pasado unas pocas semanas desde que nos
instalamos cuando nos apoderamos de una víctima
de un accidente en la misma noche de su entierro, y
logramos que abriera los ojos con una expresión que
nos asombró por su lucidez, antes de que la solución
fallara. Había perdido un brazo... Tal vez, de haber
tenido el cuerpo entero, hubiésemos tenido mayor
suerte. Luego de ese día y hasta el siguiente mes de
enero realizamos tres ensayos más: uno fue un rotun-
do fracaso; en otro, conseguimos que hubiera
movimiento muscular; en cuanto al tercero, el resultado fue estremecedor: se irguió por sus propios
medios y emitió un sonido gutural. Luego nos tocó
una época de mala suerte; el número de defunciones
descendió, y los entierros que se realizaban eran de
ejemplares muy enfermos o mutilados para que los
pudiéramos aprovechar. Rastreamos las pistas de toda
defunción que ocurriese y de las circunstancias en que
sucedían con un cuidado sistemático.

No obstante, en una noche de marzo sorpre-
sivamente conseguimos un ejemplar que no provenía
de la fosa común. El puritanismo reinante en Bolton
había prohibido la práctica del boxeo, la que no dejaba de obrar consecuentemente. Era común que hubiera
combates mal dirigidos entre obreros, y de vez en
cuando llegaba de afuera algún campeón profesional

de poca monta. Esa noche, hacia fines de invierno, se había celebrado un combate de ese tipo, evidentemente con consecuencias nefastas, ya que vinieron a buscarnos dos polacos asustados, suplicándonos en un lenguaje incoherente que atendiéramos un caso muy secreto y desesperado. Nos llevaron a un cobertizo abandonado, en donde aún permanecían algunos espectadores extranjeros, observando asustados un cuerpo negro que yacía desfallecido en el suelo.

En el combate se habían enfrentado Kid O'Brien —un joven torpe, y ahora temeroso, con una nariz en gancho muy poco irlandesa—, y Buck Robinson, "El Betún de Harlem". El negro había caído noqueado; y luego de un breve examen, nos dimos cuenta que no se recuperaría. Era desagradable, con pinta de gorila, unos brazos extremadamente largos que se asemejaban en forma inevitable patas anteriores, y un rostro que irremediablemente hacía pensar en los insondables secretos del Congo y los llamados de los tambores bajo una misteriosa luna. Debió tener peor aspecto estando vivo, pero el mundo contiene abundantes fealdades. Aquella gente despreciable estaba asustada, ya que desconocían qué podía recriminarles la ley, si llegaba a conocerse el caso; y se sintieron realmente agradecidos cuando West, a pesar de mis involuntarios estremecimientos, se ofreció a librarles del cuerpo en secreto... ya que sabía bien cuáles eran sus intenciones.

Una luna resplandeciente completaba el paisaje sin nieve; pero vestimos el cadáver, y lo transportamos entre ambos hasta la casa por calles desiertas y el llano, del mismo modo que llevamos un cadáver semejante una horrible noche de Arkham. Llegamos a la casa por el llano de atrás; ingresamos el ejemplar por la puerta trasera, lo bajamos al sótano, y lo preparamos para el habitual experimento. El temor de toparnos con la policía era tontamente considerable, a pesar de que habíamos calculado nuestro recorrido de modo que no nos encontráramos con el agente que hacía guardia por aquel distrito.

El resultado fue decepcionante hasta el enojo. Con su horrible aspecto, la presa fue completamente insensible a todos las clases de soluciones que le inyectamos en su negro brazo. De modo que, como las horas del alba se aproximaban peligrosamente, hicimos lo mismo que hacíamos con los demás: lo arrastramos por el llano hasta la franja de bosque lindera al cementerio, y lo enterramos allí de la mejor manera que la tierra helada nos permitió. La sepultura no era demasiado profunda, pero era tan buena como la del anterior ejemplar, el que se había erguido y había proferido un grito. A la luz de nuestras linternas oscuras, lo tapamos cuidadosamente con hojas y ramas secas, con la seguridad de que la policía no lo llegaría a descubrir nunca en medio de un bosque tan oscuro y espeso.

Al siguiente día, me alarmé, porque un paciente trajo la noticia de que se sospechaba que alguien había muerto en un combate. West estaba preocupado por otro motivo: lo habían llamado en la tarde para que atendiese un caso que había terminado amenazadoramente. Una italiana, al extraviarse su hijo —un niño de cinco años que había desaparecido en la mañana y no había regresado a comer— se había puesto histérica y presentaba algunos síntomas muy alarmantes ya que tenía problemas de corazón. Era una histeria desmesurada, dado que el chico se había escapado en más de una ocasión; pero los campesinos italianos son sumamente supersticiosos, y aquella mujer parecía tanto o más angustiada por los presagios que por los acontecimientos. Llegando las siete de la tarde la mujer falleció, y su esposo se puso furioso y armó un espantoso escándalo, culpando a West de no haberle salvado la vida, con manifiestas intenciones de matarlo. Los amigos lo amarraron cuando lo vieron sacar un cuchillo; y West se marchó en medio de alaridos inhumanos, maldiciones y juramentos de venganza. Ya entrada la noche, en su último dolor, el hombre parecía haberse olvidado de su hijo, que todavía no había vuelto. Se habló de buscarlo en el bosque; pero casi todos los amigos y familiares se ocuparon de la difunta y del vociferante marido. Total, West se vio sometido a una fuerte tensión nerviosa. Pensar tanto en la policía como en el italiano lo agobiaban en forma tremenda.

Nos fuimos a dormir a eso de las once, pero yo no descansé bien. Bolton tenía una policía realmente eficaz para ser un pueblo pequeño; y yo no podía parar de pensar en el escándalo que se armaría si se llegaba a descubrir lo de la noche anterior. Podía significar el fin de nuestro trabajo en la localidad... y tal vez la cárcel para ambos. Me intranquilizaban los rumores que había sobre el combate de boxeo. Ya pasadas las tres, el resplandor de la luna me dio de lleno en los ojos; pero no fui a cerrar las persianas y sólo me di vuelta. Un poco después sonaron unos golpes enérgicos en la puerta trasera.

Me quedé inmóvil, un poco aturdido; luego oí a West llamar a mi puerta. Estaba en bata y zapatillas, y llevaba un revólver y una linterna eléctrica. Al ver el arma comprendí que estaba más inquieto por el italiano que por la policía.

—Sería mejor que ambos bajáramos —susurró—. Deberíamos contestar; tal vez sea un paciente... no sería raro que uno de esos idiotas llamara por la puerta trasera.

Así que bajamos los dos con sigilo, con cierto temor, en parte justificado, y en parte debido solamente a las misteriosas primeras horas de la madrugada. Llamaron nuevamente, pero más fuerte. Cuando llegamos a la puerta, corrí el cerrojo cautelosamente y abrí de par en par; y cuando la luz de la luna nos reveló la figura que teníamos delante, West hizo algo muy extraño. Pese al evidente peligro de atraer a la policía sobre nuestras cabezas —cosa que por fortuna no sucedió gracias al relativo aislamiento de nuestra casa—, mi compañero, de repente, de modo innecesario y nervioso, vació toda la carga de su revólver sobre el visitante nocturno.

Porque no se trataba ni del italiano ni de la policía. Había, recortándose horrendamente contra la

espectral luna, un ser enorme y deformado, inconcebible salvo en las pesadillas; una aparición de ojos
vidriosos, negra, casi en cuatro patas, cubierta por
hojas, ramas y lodo, sucia de sangre coagulada, y que
mostraba entre sus dientes algo cilíndrico, espantoso,
blanco como la misma nieve, terminado en una mano
ínfima.

IV

El alarido del muerto

Aquel alarido inhumano fue lo que me despertó aquel intenso horror hacia el doctor West, horror que enturbió los últimos años de nuestra vida en común. Es natural que una cosa como un grito de un muerto produzca horror, porque, es evidente que no se trata de un suceso normal ni agradable. Pero yo estaba habituado a este tipo de experiencias; por tanto, lo que en esa ocasión me afectó fue la especial circunstancia. Lo que quiero decir que no fue el muerto lo que me horrorizó.

Herbert West, de quien yo era amigo y ayudante, tenía intereses científicos muy alejados de los que podía tener un médico normal de pueblo. Ésa era la causa por la que había elegido una casa cercana al cementerio, al establecerse en Bolton. Dicho sintéticamente y sin eufemismos, el único interés absorbente de West era el del estudio secreto de los fenómenos de la vida y de su interposición, dirigido a la reanimación de los muertos mediante la inyección de una solución estimulante. Para realizar este tipo de experimentación macabra era preciso estar permanentemente abastecidos de cadáveres humanos frescos; muy frescos, porque la más mínima descomposición daña la estructura cerebral; y humanos, porque descubrimos que cada tipo diferente de organismo necesitaba un preparado especial. Sacrificamos docenas de conejos y cobayas experimentando, pero ese camino no nos condujo a ningún lado. West nunca había alcanzado satisfactoriamente su objetivo porque nunca había dispuesto de un cadáver lo bastante fresco. Necesitaba cuerpos cuyos signos vitales hubieran cesado muy poco antes; cuerpos que tuvieran todas las células intactas, capaces de recibir nuevamente el impulso hacia esa forma dinámica llamada vida. Abrigábamos esperanzas de perpetuar esta segunda vida no natural mediante inyecciones repetidas; pero habíamos llegado a la conclusión que una vida natural ordinaria no respondía a la acción. Para despertar dinamismo artificial, la vida nocturna debía quedar extinguida: los ejemplares debían ser muy frescos, pero debían estar completamente muertos.

West y yo habíamos comenzado la pavorosa investigación siendo estudiantes de la Facultad de Medicina de la Universidad Miskatonic de Arkham, absolutamente convencidos desde un inicio del carácter mecanicista de la vida. Eso había ocurrido ya hace siete años; sin embargo, él parecía no haber envejecido en nada: era bajo, rubio, siempre bien afeitado, voz suave, y con gafas; de vez en cuando aparecía en sus fríos ojos azules un brillo que delataba el duro y creciente fanatismo de su carácter, a causa de sus terribles investigaciones. A veces nuestras experiencias habían resultado en extremo espantosas, debidas a una defectuosa reanimación, al galvanizar aquellos grumos de lodo del cementerio en anómalo, morboso y salvaje movimiento causando diversas variaciones en la solución vital.

Uno de los ejemplares había dado un escalofriante alarido; otro, se había levantado repentinamente derribándonos y dejándonos inconscientes, y había escapado en forma demente, antes de que lo atraparan y lo encerraran en la celda de un loquero; y un tercero, un monstruo nauseabundo y negro, había salido de su poca profunda sepultura y había cometido una atrocidad... West lo tuvo que ultimar a tiros. No lográbamos conseguir cadáveres lo suficientemente frescos como para que manifestaran al ser reanimados algún rastro de inteligencia, de modo que solamente habíamos creado monstruosidades inenarrables. Resultaba horroroso pensar que uno, o tal vez dos, de nuestros monstruos aún viviesen... ese pensamiento nos atormentó vagamente hasta que finalmente West desapareció en forma espantosa. Pero en los tiempos del alarido en el laboratorio del sótano de la aislada casa de Bolton, nuestros temores se circunscribían a la ansiedad por conseguir ejemplares suficientemente frescos. West se mostraba más anhelante que yo, de modo que casi me parecía que miraba codiciosamente el físico de cualquier persona viva que se viese saludable.

Recién en julio de 1910 comenzó a mejorar nuestra suerte para hallar ejemplares. Yo había ido a Illinois a visitar durante un tiempo a mis padres, y cuando regresé West era presa de un estado de crecida euforia. Excitadamente me explicó que casi con seguridad había por fin resuelto el problema de la frescura de los cadáveres abordándolo desde un ángulo distinto: la conservación artificial. Yo sabía que había estado elaborando un nuevo preparado sumamente original, así que no me resultó sorprendente que lo hubiera logrado; pero hasta que no me explicó todo, me tuvo algo perplejo sobre como podría el preparado ayudarnos en nuestro trabajo, ya que el desastroso deterioro de los ejemplares se debía sobre todo al tiempo transcurrido hasta que caían en nuestras manos. West lo había visto claramente, según me daba cuenta ahora, al inventar un compuesto embalsamador para uso futuro, más que inmediato, por si la fortuna nos proporcionaba un cadáver muy reciente y sin sepultar, como nos había ocurrido años atrás, con aquel negro de Bolton, muerto en un combate de boxeo. Por último, nos sonrió la fortuna, y conseguimos tener en el laboratorio secreto del sótano un cadáver cuya corrupción aún no se había iniciado. West no se aventuraba a pronosticar qué sucedería en el momento de la reanimación, ni si podíamos aguardar que la mente y la razón llegarán a revivir. El experimento iba a ser un hito en nuestros estudios, por lo que había guardado este cuerpo hasta que yo regresara, para que ambos compartiéramos los resultados como acostumbrábamos.

West me relató cómo había caído el ejemplar en sus manos. Había sido un hombre robusto; un forastero bien vestido que había venido en tren, y que se dirigía a las Fábricas Textiles de Bolton para resolver unos asuntos. Había dado un prolongado paseo por el pueblo, y cuando se detuvo en nuestra casa a preguntar por el camino hacia las fábricas le había dado un ataque al corazón. No quiso tomar un cordial, y de repente cayó fulminado. Como se podía esperar, a West le pareció como caído del cielo. En su breve conversación, el extranjero le había dicho que no tenía ningún conocido en Bolton; y luego de registrarle los bolsillos averiguó que se trataba de un tal Robert Leavitt, de St. Louis, al parecer sin familiares que pudieran requerir investigaciones sobre su desaparición. Si no conseguíamos reanimarlo, nadie se enteraría de nuestro experimento. Solíamos enterrar los restos en una franja espesa de bosque que había entre nuestra casa y el cementerio de sepulturas anónimas. En cambio si obteníamos resultados satisfactorios nuestra fama sería fulgurante y eterna. De modo que West le había inyectado inmediatamente al cadáver el preparado que lo conservaría fresco hasta mi regreso. La posibilidad de alguna debilidad en el corazón, que para mí podría hacer peligrar el éxito de nuestro experimento, no parecía preocupar en demasía a West.

Esperaba conseguir lo que hasta ahora no habíamos logrado: revivir la chispa de razón e inyectarle vida, tal vez, a una criatura normal.

De modo que el 18 de Julio de 1910 por la noche, Herbert West y yo nos hallábamos en el laboratorio del sótano, contemplando la figura blanca e inmóvil bajo el haz cegador de la lámpara. El compuesto embalsamador había obtenido un resultado sorprendente; ya que pedía a West que me diera garantías de que estaba realmente muerto al observar fascinado el cuerpo vigoroso que llevaba dos semanas sin que le sobreviniese ninguna rigidez. Me las dio de inmediato recordándome que nunca administrábamos la solución reanimadora sin antes realizar una serie de minuciosas pruebas para comprobar que no había signo vital alguno; ya que de lo contrario la sustancia no tendría efecto. West comenzó con todos los preparativos y yo me quedé impresionado ante el grado de complejidad del nuevo experimento; era tanta, que no quiso dejar nada del trabajo fuera de sus manos. Y luego de prohibirme tocar el cuerpo siquiera, primero inyectó una droga en la muñeca, cerca del sitio por donde le había inyectado el compuesto embalsamador. Dijo que esta solución neutralizaría el compuesto y liberaría los sistemas dejándolos relajados como normalmente, de manera que al ser inyectada la solución reanimadora pudiera actuar sin obstáculos. Un poco más tarde, cuando los primeros cambios se manifestaron con un ligero temblor en los miembros muertos, West colocó sobre el convulso rostro una almohada que presionó violentamente hasta que el cuerpo se quedó absolutamente inmóvil, listo para el intento de reanimación. Mi pálido y entusiasta amigo ahora realizó diversas pruebas finales para comprobar la ausencia total de signos vitales, se apartó satisfecho, y por último inyectó en el brazo izquierdo una dosis exactamente medida del elixir vital, preparado en la tarde con más meticulosidad que nunca, desde los tiempos de la universidad, cuando nuestras hazañas eran nuevas e inseguras. No puedo llegar a describir la intensa y terrible incertidumbre con la que aguardamos los resultados de este primer ejemplar totalmente fresco: el primero del que realmente podíamos esperar que abriese los labios y, tal vez, nos relatase que había visto del otro lado del inescrutable abismo.

West era materialista, no creía en la existencia de algo llamado alma, y atribuía toda función de la conciencia a fenómenos corporales; por lo tanto, no esperaba ninguna revelación acerca de los abismos y cavernas más allá de los umbrales de la muerte y de sus terribles misterios. Yo estaba en general de acuerdo con su teoría, pero guardaba vagos y primitivos vestigios de la fe de mis ancestros; de forma que no podía dejar de ver el cadáver con algún resquemor y no poca expectativa. Además... en mi memoria persistía la escena de aquella noche que realizamos nuestro primer experimento en la granja abandonada de Arkham cuando oímos aquel grito espantoso e inhumano.

No había pasado mucho tiempo cuando observé que el ensayo no iba a terminar en un fracaso. Sus mejillas, que hasta ahora se habían mantenido tan blancas como una pared, iban adquiriendo un color tenue que luego se extendió bajo la incipiente barba, curiosamente amplia y arenosa. West, que estaba continuamente tomando el pulso en la muñeca izquierda del ejemplar, de pronto asintió expresivamente; y casi al mismo tiempo, el espejo inclinado sobre la boca del cadáver comenzó a empañarse. A continuación hubo algunos movimientos musculares espasmódicos; y luego ya se sentía su respiración y que su pecho se movía. Al observar los párpados cerrados me pareció percibir un temblor. Después, se abrieron y aparecieron unos ojos grises, calmos y vivos, aunque aún sin inteligencia ni curiosidad.

Impulsado por una ocurrencia fantástica, susurré algunas preguntas en su oreja que iba tomando cada vez más color; preguntas acerca de otros mundos cuyo recuerdo tal vez aún persistía en su memoria. Era el terror el que me las sugerían; pero creo que la última que repetí, fue: "Dónde has estado?" Aún no sé si me respondió, porque ningún sonido brotó de su bien formada boca; lo que sí recuerdo es que en ese instante creí ver moverse ligeramente aquellos labios delgados, formando sílabas que yo hubiera recompuesto como "sólo ahora", si la frase hubiera tenido algún sentido o relación con mi pregunta. En ese momento me asaltó una alegría enorme, convencido de que habíamos logrado nuestro gran objetivo y que, por vez primera, un cuerpo reanimado había pronunciado palabras impulsado por una razón clara. Instantes después, ya no hubo ninguna duda acerca del éxito, ninguna duda de que la solución había funcionado óptimamente, por lo menos de manera transitoria, devolviéndole al muerto su facultad racional y de articulación... Pero ese logro me despertó el más grande de los terrores... no a causa del ser que había hablado, sino por el acto que había presenciado, y por el hombre a quién me unían las vicisitudes profesionales.

Porque aquel cadáver fresco, que fue cobrando aterradoramente conciencia, con los ojos dilatados por el último recuerdo de su vida en la tierra, manoteó frenéticamente el aire en una lucha de vida o muerte y, de repente, se desplomó en una segunda y definitiva disolución, de la que ya no pudo regresar, profiriendo un grito que eternamente resonará en mi atormentado cerebro:

—¡Socorro! ¡Aparta, endemoniado pelirrojo... aparta esa maldita aguja!

V

El horror de la oscuridad

Son muchos los hombres que han relatado cosas espantosas, no en letra impresa, que tuvieron lugar en los campos de batalla de la Gran Guerra. Algunos relatos me han hecho palidecer; otros, me han producido arcadas de náusea, mientras que otros me dejaron temblando y me hicieron desviar mi mirada y dirigirla hacia la oscuridad; sin embargo, creo que yo puedo relatar lo peor: el terrible, antinatural e inconcebible horror de la oscuridad.

Durante 1915 yo me hallaba en Flandes como médico con el grado de teniente en un regimiento canadiense, siendo uno de los numerosos americanos que se adelantaron al mismo gobierno en esta tremenda contienda. Había ingresado al ejército no por propia iniciativa, sino como natural consecuencia de ser el ayudante indispensable de un hombre que se había alistado: el notable cirujano de Bolton, el doctor Herbert West. El doctor West siempre se había mostrado entusiasta de poder prestar servicio como cirujano en una guerra; y cuando esa oportunidad se hizo tangible, me arrastró consigo sin que yo pudiera negarme siquiera. Tenía motivos para alegrarme si la guerra nos separase; motivos por los que me resultaba cada vez más irritante la práctica médica y la compañía de West; pero cuando se fue a Ottawa para conseguir la plaza de comandante médico por medio de la influencia de un colega, no pude resistirme al autoritario requerimiento de aquel hombre que no tenía duda alguna en que yo lo acompañaría en mi calidad habitual.

Cuando afirmo que el doctor West se mostraba entusiasta de poder servir en el campo de batalla no me refiero a que tuviera sangre de guerrero ni que guardara el anhelo de salvar a la humanidad. Nunca había dejado de ser una fría y calculadora máquina intelectual: delgado, rubio, de ojos azules y gafas; creo que en secreto se reía de mis esporádicos entusiasmos marciales y de mis críticas a la indiferente neutralidad. Sin embargo, había algo que deseaba en la devastada Flandes; y para alcanzarlo, tuvo que vestirse de militar. Lo que quería no era lo que mucha gente quiere, sino algo relacionado con esa particular rama de la ciencia médica que él había practicado clandestinamente, y en la cual había obtenido algunos resultados asombrosos y otros horrendos. Lo que pretendía no era más que una ilimitada fuente de cadáveres recientes, en todos los estados de desmembramiento.

Herbert West precisaba cadáveres frescos porque la reanimación de muertos era la labor de toda su vida. Esta labor no la conocían los clientes de Bolton que habían hecho crecer abruptamente su fama; en cambio, yo la conocía demasiado bien, ya que desde los tiempos de la Facultad de Medicina, en la Universidad de Miskatonic de Arkham, había sido su más íntimo amigo y su ayudante. Fue en la época de la universidad cuando comenzó con sus terribles experimentos, primero con animales pequeños y más tarde con cadáveres humanos conseguidos de formas horrendas. Había conseguido una solución para inyectarla en las venas de los muertos; y si eran lo suficientemente frescos reaccionaban de maneras extrañas. Había tenido que trabajar duramente para llegar a la fórmula adecuada, pues cada clase de organismo necesitaba un estímulo distinto. Lo asaltaba el terror cada vez que pensaba en los fracasos parciales: criaturas repugnantes salían de soluciones imperfectas o de cuerpos no lo suficientemente frescos. Algunos de estos fracasos habían seguido con vida —uno se encontraba en un manicomio, mientras que otros habían desaparecido—; y como él reflexionaba acerca de las eventuales posibilidades, aunque prácticamente inadmisibles, a menudo se estremecía debajo de su apariencia impasible.

West había caído prontamente en la cuenta de que el principal requisito para que los ejemplares fueran útiles era su frescura, así que había recurrido al procedimiento espantoso y detestable de conseguirlos robándolos. En tiempos de la universidad y en la primera época en el pueblo industrial de Bolton, mi actitud había sido de una admiración fascinada con respecto a él; pero a medida que sus procedimientos se fueron haciendo más extremos me fue despertando un solapado terror. No me gustaba cómo miraba a las personas vivas que tenían aspecto saludable; luego, sucedió aquella pesadilla en el laboratorio del sótano, cuando me enteré de que se había apoderado de un ejemplar aún vivo. Fue la primera ocasión que había logrado revivir el pensamiento racional en un cadáver; y aquel éxito, conseguido mediante una incalificable acción, lo había endurecido completamente.

No me atrevo a hablar de los métodos que utilizó en los cinco años que siguieron. Permanecí a su lado sólo por miedo, y presencié escenas que ninguna lengua humana podría llegar a repetir. De a poco fui dándome cuenta de que el propio Herbert West era más horrible que todo lo que hacía... fue allí cuando comprendí que su fanatismo científico por prolongar la vida humana más allá de su tiempo natural había degenerado sutilmente en un celo meramente morboso y macabro y en un placer secreto en la visión de cadáveres. Su interés se trastocó en una afición diabólica y perversa por lo repugnante y lo monstruoso; se complacía calmadamente en anormalidades diabólicas ante las que cualquier persona sana caería desmayada de asco y horror; detrás de su máscara de intelectual, se convirtió en un severo Baudelaire del experimento físico, en un pálido Heliogábalo de las sepulturas.

Enfrentaba los peligros sin perturbación alguna y cometía crímenes con imperturbabilidad. Creo que el momento crítico sobrevino cuando comprobó que podía restituir la vida racional, y buscó nuevos ámbitos para conquistar experimentando con partes seccionadas de cuerpos para su reanimación. Tenía extravagantes y originales teorías acerca de las propiedades vitales independientes de las células orgánicas y los tejidos nerviosos separados de sus sistemas psíquicos naturales; y alcanzó algunos resultados horribles preliminares en forma de tejidos imperecederos, alimentados en forma artificial a partir de huevos semincubados de un extraño reptil tropical. Principalmente ansiaba establecer dos cuestiones biológicas: la primera, si podía llegar a darse alguna clase de conciencia o actividad racional sin cerebro, en la médula espinal o en los diversos centros nerviosos; y la segunda, si había algún tipo de relación intangible, incorpórea, distinta de las células materiales, que diera unidad a las partes quirúrgicamente separadas que con anterioridad habían constituido un solo organismo viviente. Para todo este trabajo se necesitaba de una fabulosa provisión de carne humana recientemente muerta... y ésa fue la causa por la que Herbert West participó en la Gran Guerra.

El abominable y horrible suceso ocurrió a fines de marzo de 1915, a la medianoche, en un hospital de campaña tras las líneas del St. Eloi. Todavía hoy me pregunto si no fue más que el diabólico devaneo de un delirio. West había montado un laboratorio particular en el lado oeste del hospital que se le había asignado provisionalmente, alegando que deseaba poner a prueba nuevos y extremados métodos para el tratamiento de casos de mutilación desesperados. Su trabajo real era el de un carnicero, en medio de una mercancía sanguinolenta... Nunca pude acostumbrarme a la naturalidad con la que él manipulaba y clasificaba su material. A veces realizaba cirugías verdaderamente milagrosas en los soldados; pero su principal satisfacción tenía un carácter menos público y altruista, y se veía obligado a dar abundantes explicaciones acerca de extraños ruidos aun en medio de aquella babel de condenados, entre los que habitualmente había disparos de revólver... cosa natural en un campo de batalla, pero insólito dentro de un hospital. Los ejemplares que el doctor West reanimaba no reunían condiciones para recibir una existencia duradera ni para ser contemplados por una cantidad amplia de espectadores. Además del humano, West utilizaba una gran cantidad de tejido embrionario de reptiles que cultivaba con resultados inusitados. Resultaba más satisfactorio para conservar en vida los fragmentos sin órganos que el material humano, y esa era ahora la actividad principal de mi amigo. En un lugar del laboratorio, en un rincón oscuro, tenía un gran recipiente tapado, sobre un extraño mechero de incubación, colmado de esa sustancia celular de reptiles que se reproducía y crecía de un modo horrendo y burbujeante.

En la noche a la que hago referencia habíamos conseguido un ejemplar nuevo y magnífico: un hombre a la vez de físico robusto y de una elevada inteligencia, que garantizaba un sistema nervioso hipersensible. Era realmente algo irónico; porque se trataba del oficial que había recomendado a West para que se le diera este destino, y que ahora resultaba ser nuestro socio. Había aun más; había estudiado secretamente, en el pasado, la teoría de la reanimación bajo la tutela de West. El comandante sir Eric Moreland Clapman-Lee, D.S.O., era el mejor cirujano de la división, y precipitadamente lo habían destinado al sector de St. Eloi cuando el cuartel general recibió noticias sobre el recrudecimiento del combate. Realizó el viaje en avión junto al piloto, el intrépido teniente Ronald Hill, sólo para ser abatido precisamente al llegar a destino. Fue una espectacular y terrible caída. Hill quedó irreconocible; y en cuanto al eminente cirujano, se seccionó casi completamente la cabeza en el accidente, aunque quedó el resto del cuerpo casi intacto. West inmediatamente se apoderó de aquel despojo inerte que había sido su amigo y compañero de estudios; llegué a estremecerme cuando lo vi terminar de seccionar la cabeza, colocarla en aquel diabólico recipiente de tejido pulposo de reptiles con el objeto de conservarla para experimentos futuros, y luego seguir trabajando en la mesa de operaciones sobre el cuerpo decapitado. Le inyectó sangre nueva, remendó algunas venas, arterias y nervios del cuello sin cabeza, y cerró la horrible abertura injertando piel de un ejemplar desconocido que había llevado uniforme de oficial. Yo sabía qué era lo que quería lograr: ver si este cuerpo sumamente organizado podía llegar a dar, sin cabeza, algún indicio de la vida mental que había distinguido a sir Eric Moreland Clapman-Lee. Estudioso de la reanimación en otras épocas, este tronco mudo era espantosamente requerido para servir de ejemplo.

Aún puedo ver a Herbert West inyectar en el brazo del cuerpo decapitado la solución reanimadora bajo la cegadora luz de la lámpara. No puedo describir la escena... si lo intentara me desmayaría, ya que aquella habitación resultaba trastornante, llena de terribles objetos clasificados, con el suelo resbaladizo por causa de la sangre y de otros deshechos no humanos que componían un lodo que llegaba casi hasta los tobillos, y aquellas horribles monstruosidades de reptiles bullendo, salpicando y cociéndose sobre el pálido y vacilante espectro de la llama, en un rincón de negras sombras.

Como comentó West repetidas veces, el ejemplar tenía un espléndido sistema nervioso. Abrigaba una expectativa enorme; y cuando se manifestaron los primeros y leves movimientos contráctiles, pude ver en el rostro de West su febril interés. Creo que aguardaba fervientemente la prueba de su cada vez más consistente teoría acerca de que tanto la conciencia, como la razón y el carácter pueden subsistir en forma independiente del cerebro... de que el hombre no es poseedor de un espíritu central organizativo, sino que es sólo una máquina de materia nerviosa en la que cada parte es más o menos independiente de las otras. West se hallaba en el umbral de una triunfante demostración, a punto de relegar el misterio de la vida a un mito. Ahora el cuerpo se contraía más marcadamente; y bajo nuestras ansiosas miradas, comenzó a jadear de un modo horrible. Agitó los brazos impacientemente, estiró las piernas y contrajo varios músculos en una contorsión repulsiva. Luego, aquel tronco sin cabeza alzó los brazos en un gesto de indudable desesperación... de una desesperación inteligente, que confirmaba todas las teorías de Herbert West. Era evidente que los nervios guardaban el recuerdo del último acto en vida del hombre: el esfuerzo por liberarse del avión que se iba a estrellar.

No puedo relatar con exactitud lo que ocurrió a continuación. Tal vez se trató sólo de un desvarío producido por la impresión que padecí en aquel momento cuando el bombardeo alemán comenzó y destruyó el edificio... ¿quién lo sabrá, ya que West y yo fuimos los únicos sobrevivientes? West, antes de su reciente desaparición, se inclinaba a pensar que había sido así; pero había momentos en que no podía; porque resultaba sumamente extraño que los dos tuviéramos la misma alucinación. El horrible suceso fue en sí mismo muy simple, aunque tuviera implicaciones excepcionales.

El cuerpo se levantó de la mesa con un movimiento ciego, titubeante, terrible, y oímos un sonido gutural. No me atrevo a afirmar que se trataba de una voz humana, porque fue realmente espantoso. No obstante, no fue su profundidad lo más horrible. Ni tampoco lo que llegó a decir, ya que sólo gritó: "Salta, Ronald. Por Dios, salta!" Lo espantoso fue de dónde provenía.

Porque surgió del gran recipiente tapado en aquel macabro rincón de oscuridad.

VI

La legión del sepulcro

Un año atrás, cuando el doctor Herbert West desapareció, la policía de Bolton me interrogó extensamente. Se quedaron con la sospecha de que me guardaba cosas, o algo peor; pero no podía decirles la verdad porque no me hubieran creído. En efecto, sabían que West había estado implicado en actividades que superaban la capacidad de credibilidad de los hombres comunes; pues los espantosos experimentos de reanimación de cadáveres habían sido muy numerosos para lograr mantener un hermético silencio en torno a ellos; pero la última y escalofriante catástrofe adquirió un grado de fantasía demoníaca que incluso me hace dudar de la realidad de lo que presencié.

Yo era su más cercano amigo y su único y confidencial ayudante. Nos habíamos conocido unos años antes en la Facultad de Medicina, y desde un principio fui partícipe de sus terribles investigaciones. Había trabajado lentamente para perfeccionar una solución que al ser inyectada en las venas de un recién fallecido podía volverlo a la vida. Para este tipo de trabajo se necesitaba abundantes cadáveres frescos, e implicaba, por consiguiente, las actividades más terribles. Más espantosos eran los resultados de algunos de sus experimentos; masas horrendas de carne que habían estado muertas; pero que West reanimaba, despertando una ciega y repugnante animación sin razón. Así eran los resultados habituales; ya que para que la razón volviera a despertar se requería de ejemplares extremadamente frescos, y que las delicadas células cerebrales no hubieran sido afectadas por la descomposición.

Esta necesidad de cadáveres lo suficientemente frescos trajo como resultado la ruina moral de West. Conseguirlos suponía grandes dificultades; y un día terrible llegó a apoderarse de un ejemplar cuando aún se encontraba vivo con toda su vigorosidad. Un forcejeo, una aguja y un alcaloide poderoso lo convirtieron en un cadáver milagrosamente fresco, y el experimento tuvo resultados positivos durante un breve y memorable momento; pero West emergió de él con el alma endurecida y seca, y con una mirada helada que observaba con calculado y horrendo aprecio a los hombres, en especial a los de fina inteligencia y físico vigoroso. Hacia el final, yo mismo tuve miedo de West, ya que comenzaba a observarme con esa misma forma. La gente parecía no darse cuenta de sus miradas, aunque me notara asustado; y luego de que desapareció, se valieron de eso para propagar absurdas sospechas.

En realidad, West tenía aún más miedo que yo; su monstruosa labor le hacía sobrellevar una vida oculta y plagada de sobresaltos. En parte, tenía miedo de la policía; pero con frecuencia su temor parecía tener un origen más profundo y oscuro, y tenía relación con abominaciones indecibles por las que había despertado a una vida mórbida, la cual no había visto extinguirse. Por lo general, sus experimentos culminaban con un disparo; pero algunas veces no era lo suficientemente rápido. Fue lo que sucedió con aquel primer ejemplar en cuya profanada tumba más tarde se descubrieron huellas de arañazos. Y fue lo que también ocurrió con el cadáver de aquel profesor de Arkham que cometió actos de canibalismo antes de ser capturado y encerrado sin haber podido ser identificado en una celda del manicomio de Sefton, donde estuvo seis años golpeándose la cabeza contra las paredes. Casi todas las demás criaturas que tal vez siguieran con vida eran productos de lo que resulta más dificultoso hablar, ya que en los últimos años, el interés científico de West había degenerado en una manía insana y fantasiosa, y se había dedicado a revivir cuerpos no del todo humanos, sino pedazos seccionados de cadáveres, o trozos unidos a materia orgánica no humana. En la época que desapareció, se había transformado en algo perverso e indeseable;

muchos de los experimentos no podrían ser vertidos en letra impresa. Durante la Gran Guerra, donde ambos servimos como cirujanos, este aspecto de West se había intensificado.

Cuando decía que el temor de West a sus ejemplares era algo oscuro me refería sobre todo a la complejidad de ese miedo. Se debía en parte al hecho de saber que estas abominables monstruosidades aún seguían con vida, y en parte al miedo que tenía por el daño físico que podrían inflingirle en determinadas circunstancias. La desaparición de estas criaturas incrementaba el horror de la situación: West solamente conocía el paradero de uno solo, el lastimoso ser del manicomio. Pero además, había un temor más pavoroso: una sensación realmente fantástica, que se originaba en un extraño experimento que realizó en 1915 estando en el ejército canadiense. En medio de una cerrada batalla, West había reanimado al comandante Eric Moreland Clapman-Lee, D.S.O., un colega que tenía conocimiento de estos experimentos, y que podría haberlos reproducido. Le había terminado de seccionar la cabeza para así poder estudiar las probabilidades de vida inteligente del tronco. El experimento alcanzó resultado en el instante que una bomba alemana cayó sobre el edificio. El tronco tuvo movimientos inteligentes; y, a pesar de que suene increíble, estuvimos seguros de que brotaron sonidos articulados de la cabeza seccionada que se hallaba en el oscuro fondo del laboratorio. De cierta forma, la caída de la bomba fue misericordiosa; pero West nunca estuvo seguro, como hubiera querido, de que él y yo hubiéramos sido los únicos sobrevivientes. Más tarde, a menudo conjeturaba acerca de lo que podría llegar a hacer un médico decapitado con los conocimientos para reanimar muertos.

El último lugar donde vivió West era una venerable y muy elegante casa que dominaba uno de los más antiguos cementerios de Boston. Había elegido el lugar simplemente por razones simbólicas y fantásticas, porque la mayor parte de las sepulturas databan de la época de la colonia, y, por lo tanto, no reportaban utilidad alguna a un científico que requería de cadáveres frescos. Había construido un laboratorio en un doble sótano realizado secretamente por obreros traídos de otra localidad, y en el que había colocado un enorme incinerador para la discreta y entera eliminación de cadáveres, trozos y remedos de cuerpos que quedaban de los morbosos experimentos y los profanos devaneos del dueño. Durante la excavación de ese segundo sótano, los obreros se habían topado con restos de una construcción remotamente antigua que sin duda comunicaba con el viejo cementerio, aunque resultaba demasiado profunda para que desembocara en algún sepulcro conocido. Luego de muchos cálculos, West llegó a la conclusión de que debería haber algún tipo de cámara secreta debajo de la tumba de los Averill, en la que el último enterramiento había ocurrido en 1768. Yo me hallaba con él cuando estudió las húmedas y nitrosas paredes que habían dejado al descubierto las palas y picos de los obreros, y estaba preparado para la gélida sorpresa que nos esperaba en el instante de descubrir los secretos sepulcrales y profanos; pero, por vez primera, la nueva mesura de West se impuso a su curiosidad natural, y traicionó a su degenerado carácter dejando intactos los restos de la construcción y tapándola con yeso. Y así quedaron parte de las paredes del laboratorio, hasta la infernal noche. Ya he hecho referencia al paulatino debilitamiento de West, pero debo agregar que era puramente mental e incorpóreo. Observándolo exteriormente fue el mismo hasta el final: sereno, frío, delgado, con cabello rubio, ojos azules y gafas, y un aspecto general de joven al que los años y los terrores no le hicieron mella. Incluso parecía tranquilo cuando pensaba en aquella tumba arañada y miraba por encima de su hombro, o cuando recordaba a aquella monstruosidad carnívora que mordía y golpeaba los barrotes de Sefton.

El final de Herbert West comenzó en una tarde, en nuestro despacho común, cuando alternaba su singular mirada entre yo y el diario. Desde las arrugadas páginas un extraño titular lo había atraído, y unas poderosas garras parecieron atraparle desde dieciséis años atrás. Había ocurrido algo increíble y espantoso en el manicomio de Sefton, del que nos separaban cincuenta millas, y había conmocionado al vecindario y desorientado a la policía. En medio de la madrugada había penetrado en el parque del manicomio un grupo de hombres silenciosos y el que parecía su jefe había despertado a los celadores. Era una amenazante figura vestida de militar que hablaba sin mover los labios, y cuya voz parecía provenir de un gran estuche negro que transportaba. Si bien su inexpresivo rostro tenía facciones armoniosas, hasta el punto de dar la impresión de poseer una radiante belleza, el director se había llevado un sobresalto cuando lo iluminó la luz del vestíbulo, ya que su rostro era de cera y sus ojos de cristal pintado. Ese hombre debería haber sufrido un brutal accidente. Otro, más alto, guiaba sus pasos: un ser repulsivo cuyo rostro azulado parecía medio carcomido por alguna enfermedad desconocida. El que había hablado exigió que le dieran en custodia al monstruo caníbal que habían traído de Arkham hacía dieciséis años; y cuando se negaron, dio una señal que desató un tumulto espantoso. Aquellos demonios atacaron a los celadores golpeando, pateando y mordiendo a los que no pudieron huir; mataron a cuatro para luego conseguir liberar al monstruo. Las víctimas que podían recordar lo ocurrido sin caer en la histeria, afirmaban que las criaturas se habían comportado como autómatas, más que como hombres, dirigidos por el jefe de la cabeza de cera.

Cuando llegaron a ayudarlos, aquellos hombres y la monstruosidad caníbal habían desaparecido sin dejar rastros.

West permaneció como paralizado desde que leyó el artículo y hasta la medianoche. A las doce tocaron el timbre de la puerta de entrada y se sobresaltó desmedidamente. Ya que todos los criados se hallaban durmiendo en el ático fui yo a abrir. Como le conté a la policía, no había ningún vehículo en la calle; solamente vi un grupo de figuras de extraño aspecto que portaban un gran estuche cuadrado que dejaron en la entrada, luego de que uno de ellos gruñera con una voz increíblemente inhumana: "Urgente, correo; pagado". Se alejaron con paso desigual, y tuve el extraño convencimiento de que se dirigían al antiguo cementerio que lindaba con la parte de atrás de la casa. Cuando West oyó que la puerta se cerraba bajó y observó la caja. Tenía unos dos pies cuadrados, y estaba remitida al nombre de West, a su actual dirección. En el remitente decía: "Eric Moreland Clapman-Lee, St. Eloi, Flandes". Hacía seis años, en Flandes, el hospital había sido bombardeado y destruido, y había sepultado al tronco decapitado y reanimado del doctor Clapman-Lee, y a su cabeza separada, la cual, tal vez, había llegado a emitir sonidos articulados.

West ni siquiera se conmovió. Se encontraba en un estado aún más espantoso. Dijo rápidamente: "Es el fin... pero incineremos... esto". Llevamos la caja hasta el laboratorio, con la escucha atenta. No recuerdo muy bien los detalles —podrán imaginarse mi estado psíquico—, pero es una maliciosa mentira decir que lo que metí en el incinerador fue el cuerpo de Herbert West. Entre los dos metimos la caja sin abrir, cerramos la puerta, y encendimos la corriente. Y no salió ningún sonido de la caja.

Fue West el primero que notó que se caía el yeso de una parte de la pared, donde se habían recubierto los restos de la antigua construcción funeraria. Me estaba por echar a correr, pero él me detuvo. Entonces vi una pequeña y negra abertura de donde salía un viento frío y putrefacto, y percibí el olor de las hediondas entrañas de una tierra abominable. No se escuchó ruido alguno; pero en ese momento se apagaron las luces, y vi recortados contra un tipo de fosforescencia que provenía del mundo inferior una horda de criaturas silenciosas que avanzaban penosamente, producto de la locura... o de algo aún peor. Sus siluetas eran humanas o casi humanas o humanas en parte o totalmente inhumanas; era una horda extravagante y heterogénea. En completo silencio retiraban las piedras una por una del profano muro. Cuando la hendidura fue lo suficientemente ancha entraron de a uno en el laboratorio, guiados por el ser de solemne paso y cabeza de cera. Una criatura monstruosa de ojos desorbitados que venía detrás del jefe agarró a Herbert West. Éste no se resistió, ni siquiera gritó. Luego, ante mis ojos, todos se abalanzaron sobre él y lo despedazaron llevándose sus fragmentos a la cripta subterránea de abominaciones monstruosas. El jefe, el de la cabeza de cera, que vestía uniforme de oficial canadiense, se llevó la cabeza de West. Antes de que desapareciera, vi que detrás de sus gafas sus ojos azules brillaban espantosamente, demostrando por vez primera una arrebatada y visible emoción.

Por la mañana los criados me hallaron inconsciente. West había desaparecido. En el incinerador sólo había cenizas imposibles de identificar. Me han interrogado detectives; pero, ¿qué podría decir? No

conectaron a West con los sucesos de Sefton; ni con
eso, ni con los hombres de la caja, que se niegan a aceptar su existencia. Les hablé de la cripta; pero ellos me
han mostrado el yeso intacto en la pared, y se han
burlado de mí. Así que no he contado nada más. Quie-
ren dar a entender que me volví loco o que soy un
asesino... lo más probable es que esté loco. Pero podría no llegar a ser así, si esas malditas legiones de las
tumbas no estuvieran tan silenciosas.

Índice

Impreso en los talleres de
Trabajos Manuales Escolares,
Oriente 142 No. 216
Col. Moctezuma 2a. Secc.
Tels. 5 784.18.11 y 5 784.11.44
México, D.F.